びっくりした。
私の名のっていた職業。
放送禁止用語だった。
タイトルから濁点を取った。
私の名前になった。

目次

歩道しか見えない

東京都とは名ばかりの郊外にあるカウンターのみの小さなショットバー。強いお酒が飲みたい夜にはつい足が向く。

飲み口の良いカミカゼを一杯。次はマティーニをベースはウォッカでオンザロックにしてもらう。強いパンチから氷が溶けて少しずつゆるく時間もゆるく過ぎていく。オリーブを一口噛じるとオリーブの香りと少しの油と強い塩気でマティーニをもう一口。うすいジャズの流れるうす暗いカウンターで、ロックグラスに入ったマティーニの氷をオリーブの刺してあったピンでクルクル回す。ティリンという音と共にカウンターのグラスが光を放つ様にさえ思える。

そんなお気に入りのショットバーがある日を境にサッカー好きの集まるスポーツバーになってしまった。行き場をなくした我々は、会社の倉庫の一角にカウンターを付け、即席のバーコーナーを作った。ウォッカとジンとベルモット。シェイカー、ミキシンググラス、次々と揃っていく。

　産業廃棄物収集運搬業をしている私は、店舗デザイン業の伊藤《いとう》さんの仕事で店舗の解体ゴミを片付ける。食堂、居酒屋、ラーメン屋、カフェ、美容室、雑貨店、事務所。色々な店舗が様変わりする時、廃棄される数々の品々。イス、テーブル、ライト、食器、棚、店舗の一つぐらいすぐに出来てしまう。

「このバーコーナー、ちゃんとお店にしちゃおうか。」

　伊藤さんは倉庫をお店に改装する設計画《キャド》を描いてくれた。

「例のお店の件、こんな感じでどう？」「いいねぇ。」ああしよう、こうしようと言っている間におしゃれなショットバーが出来ていた。例の店と呼んでいたが保健所に許可申請を出すのに「例の店」では場末のスナックではないか。考える程にややこしい店名になってしまう。最初に戻ってレイでいこう。Ｒａｙ。ＪＡＺＺｂａｒをつけて、ＪＡＺＺｂａｒ　Ｒａｙ　と名を決めた。

　こんないきさつで出来た、住宅地の真ん中の普通の家の駐車場の奥にある、小さなショットバーのお話。

　ある日いつも飲みに来る常連の河村《かわむら》から電話。河村とは五十代のスラリとした切れ長の目の男性。

「今、西分からレイに向かってる。これから行きます。」

　自転車の様なので10分もあれば着くはずが20分後にまた電話。「今、向かってるから、待ってて！」「わかったよ、気をつけてね。」酔っぱらいというのは時間の観念がうすい。そして又20分。「もしもし、今向かってる。」「どこなの？　今。」「西分だよ。」さっきから40分、西分から一歩も進んでいない。「気をつけてね。」そして又20分後、「もしもし、ママァー、たぁすけてぇー。」「河村、今、どこ？」「西分。」あぁ、まだ西分。「西分のどこにいるの？」「わかんない。」「何か見える？　見える物を言って。」「歩道か。これは歩道、歩道しか見えない。」あぁきっと倒れてる。西分の歩道に倒れて電話している。カウンターの中で居眠りしているマスターに「河村が倒れてるみたいだから、車出して。」

マスターの運転する車で西分に向かう。ゆるいカーブの道に軽ワゴン車が歩道に半分乗り上げて斜めに止まっている。インターロックの歩道に河村がカエルの様にペタンコに貼りついている。通りがかりの兄さんが倒れた自転車を起こしている。あぁ。車に撥ねられた。軽ワゴンには女性の運転手。

私は助手席から飛び出して駆け寄ると、軽ワゴンの助手席からおっちゃんが出てきて「おい！　大丈夫か。」河村はペタンコのまま「うーん。」と返事している。酔っているであろうそのおっちゃんは「1時間ぐらい前までこの兄ちゃんは俺の隣で飲んでたんだよ。」

酔っぱらってヨロヨロとしたおっちゃんは「おい兄ちゃん、ほらつかまれ！」と河村を起こし、車に乗せ、自転車をささえて立ちつくす通りがかりの青年に、「悪いね、車の後ろにその自転車積んでくれるか？」「はい。」とこの3人の中で一番しっかりとした青年はテキパキと後部のゲートを開けて自転車を積み込むと「それじゃ、失礼します。」と去って行った。「ありがとねー。」と手を振る酔っ払い達。

運転席の女性はおっちゃんの奥さんで飲んだおっちゃんを迎えに来て帰る途中、急におっちゃんが「止まれ。」って叫んだから斜めに車を止めると「さっきまで一緒に飲んでた兄ちゃんが倒れてる。」そのタイミングで我々も河村を見つけたらしい。よかった撥ねられた訳ではなかった。自転車と河村とおっちゃんを乗せた白い軽ワゴンが走り出す。その後に私とマスターが運転する車が走る。ウインカーが右に出た。イヤイヤ河村のマンションもうちの店もこのまま真っすぐ数分なのに。とりあえず後について右に曲がる。マキシムというスナックの前で車が止まる。おっちゃんがおりる。私もおりて行くと「着いたぞ。飲み直そう。」え?! そういう事? 車の中で話がまとまった?

河村は車からおりると財布を出して1万円札を出し「これで帰ります。」私が「まだ寄ってないから、払わなくていいから。」「これで私を家に帰して下さい。」と1万円札を出しているのでとりあえず預かり「いくぞ。」と言ってるおっちゃんをスナックに押し込み河村を車に乗せて、自転車を積んだ軽ワゴンの奥さんに河村のマンションまで来てもらって、本人を車からおろすと「ママ、いくら？」と又財布を出そうとする。「来てもいないし、どこにも行ってないから！」とさっきの1万円札を河村のジーンズのポケットに押し込み、自転車をマンションの駐輪場までマスターが持って行って「自転車はどこに？」「わかんない、何にもわかんない。」仕方なく手前の壁に立てかけていると、フラフラと吸いよせられる様にエントランスに向かい自動的にエレベータの前に行く河村。これが酔っ払いの帰省本能かと妙に納得する。

翌日「ママー、俺の自転車そこにある？」と河村から電話。「マンションの駐輪場の手前の壁に立てかけてあるよ。」「ホントだ。あった。なんで？」「ポケットに1万円入ってるでしょ。」「ホントだ！　なんで？」

事のいきさつを話すと「職場の飲み会であの後、どこに行ったの？　って聞かれて、いつもの通り、シメはレイでわかんなくなって帰った。って言っちゃったよぉ、なんだ　最後にママいくら？　って聞いた覚えがあるのに。」確かに言いました。車からおりる時、「ママいくら？」って。でも、レイに来てもいないし、飲んでもいないし。

中島みゆきの唄が頭の中を流れる。

「途に倒れてだれかの名を呼び続けたことがありますか」

あぁ日々の喧騒を忘れられるはずのショットバー。理想とかけ離れた喧騒ド真ん中。

記憶のカケラ

「俺達昨日、来たかったんだよ。」そう言って入ってきた2人。

話は先週に遡る。「来週飲み会だから、その後、2人で来るよ。」と河村。飲み会の当日、少し遅めの時間、もう来ないだろうと思った頃、「うわーっ。やっと着いた。もうダメだ。」と2人がなだれ込んできた。かなりの酔い方だ。「だから早く行こうって言ったのに。」「先輩がもう一軒って言うから。」と、2人でムニャムニャ喋っている。「お水！　水ちょうだい。」水を一口二口飲んで又、テーブルにつっ伏す。「どうする？　何か飲む？」「うーん、もう飲めない。」「あー俺もダメだぁ。」ムニャムニャとテーブルに貼り付く2人。「ここで寝ないで、おうちに帰って寝なさい。」交互にテーブルに貼り付く2人を引き剥がしなんとか帰す。

翌日「俺達昨日、来たかったんだよ。」と2人で飲みに来る。「来てたよ。」「え?!」キョトンとして顔を見合わせる2人。「おまえ、帰ったって言ったよな。」「お前だって、ダメになってたどり着けなかったって。」「俺達、来たの?お金払った?」「来ただけだよ。もう何にも飲めないってお水飲んで、寝そうになるのを起こして、帰したよ。」「俺達、来たの? 全然知らなかったよ。なんだ俺達、ちゃんと来たんだ。」2人共記憶のカケラも残っていないらしい。「ママ、俺、この前来た時、誰かと待ち合わせてた?」「普通に帰ったけど?」朝、ポケットにレシートが2枚。同じ居酒屋に8時頃と11時頃行ってるという。しかも11時頃のレシートに2名様と。誰と行ったのか、全く覚えていない。「俺、帰りに又寄ったのかなぁ。」記憶のカケラのない河村。「俺、誰か女の人と寄ったらしいよ。」次に来た時、一軒目の居酒屋で帰りに寄ったか聞いてきた。5~60代の女性と寄ったと言う。きっと前回の様に記憶のない同士で行き合って寄ったと思っていた本人も、私も「女性?」と、意外な事に驚く。一体誰が酔った河村と飲みに寄ったのだろう。謎のままその出来事を忘れかけた頃、ケイコが飲みに来て「この前駅前で河村さんに会ったのよ。河村さんの義理のお兄さんがクロス屋だって、以前聞いた事があるから、うちのクロスの張り替えを頼めるか、聞こうと思ったら、ちょっと寄ってそこで座って話そう。って言うから一杯だけと思って寄ったのよ、そうしたら全然話にならなくて、『クロス屋って誰？』とか『全然わかんない。』とか、言ってるから、もっとまともな時に相談するわ、って言って帰ったのよ。」

尋ね人見つけた。

「へぇー。ケイコさんだったのか！　義理の兄貴？　クロス屋？　もう辞めちゃってるよ、そうか、そりゃ悪い事したな。何にも覚えてないや。」

そんな河村にも時々記憶のカケラが残っている事もある。夏の終わり、70歳を過ぎた杉野《すぎの》さんがカウンターに座る。「今日はお諏訪《すわ》様だなあ。昔は賑やかだったけど、今じゃほんの数軒のテキ屋が出てるくらいで、やってんだかやってないんだかわからないよなぁ～。」と呟く。

お諏訪様は、ここから20分程行った古くからある神社の夏祭りの事だ。

「俺らが子どもの頃は長い参道の両側にびっしり店が出て、一大イベントだったよ。観光バスまで来て、山は人でごった返してたよ。子どもの頃は、2日間、朝から晩までお諏訪様で遊んでたよ。金魚すくいや回り灯籠、竹の虫カゴに入った虫なんかも売ってて、ガチャガチャ盛大に鳴く虫買って帰って、おこられたりしたよ。大きくならないウサギなんてのも売ってて買って帰ると大きくなっちゃうんだよ。翌年大きくなっちゃったよ、って言うと、そりゃエサが良かったんだよ。えらいな、よく世話してあげたな。ってほめられて納得しちゃったり、随分騙されたもんだよ。鉛筆が一束で何円だったか安いんだよ。買って帰ると先の方しか芯が入ってなかったり、おもちゃのセットは見える側にしかプリントがなかったり、カゴに山盛りのおもちゃセットだって中身は上げ底よ。それでも縁日で売ってる物は魅力的だったよ、日が落ちて、アセチレンの光に照らされるとキラキラ光っててさ、何もかも宝物みたいに見えちゃうのよ。中でも人の体が透けて見えるスコープ、なんてのが売ってて、欲しくて欲しくて、親に小遣いもらいに帰って、又、買いに行くんだよ。おっちゃんが使い方を教えてくれてよ『明るい所で見ちゃだめだよ。人から1mぐらい離れて、体に的を合わせてから蓋をとって見るんだよ。』ワクワクしながら言われた通りに見るとうすぼんやり白くアバラ骨が見えるんだよ。「ウワ〜〜！　見えた！　見えた！」って友達とかわるがわる見て、大さわぎよ。この不思議なスコープは一体どうなっているのか。家に帰ってからバラしてみたら、中に所々毛をむしった鳥の羽根が張りつけてあって、随分がっかりしたもんだよ。騙されても騙されても毎年何か新しい物買《もん》って親におこられてたっけなぁ。」

「見世物小屋もあったよ。掘っ立て小屋で入口に看板がかかってて、着物姿のきれいな女が首に蛇を巻きつけてる絵が描いてあるんだよ。『蛇をあやつる蛇女』って書いてあって行列が出来てる。大人に交じって入ったって暗いし、遠いし、背のびしたってよく見えないんだよ。」

関田《せきた》さんは「俺、早くから並んで友達と一番前で蛇女見に行ったんだよ。着物姿で出てきたのはおしろいをはたいた男でさ、体もでかいしカツラをかぶってるけどそのカツラの髪の毛はバサバサで、看板の絵の美人の女とは似ても似つかないんだよ。毛むくじゃらの腕に蛇を巻きつけて、口に入れたり肩をはわしたりしてるんだけど、俺達が一番前で、『女じゃないよ、男だよ、男だ男だ、ヘビ男だ。』って騒いでるもんだから、ヘビ男小さい蛇を口に入れてかみ切ったのを俺達の頭の上にペッペッと、吐き出したんだよ。びっくりして飛び出して、走って逃げて帰ったよ。」

杉野さんは「騙されてもおもしろかったんだよ。あーいう所で、騙される、って事を学んだんだな。」

話を聞いていた河村の中でお諏訪様の言葉が脳裏に焼きつく。河村は帰りに自宅マンションを通り越し駅前スーパーの2つ並んだベンチに横になる。もう一つのベンチにおじさんが横になっている。河村が横になる時そのおじさんは少し反対側にずれてくれた。横になったまま、「おっちゃん、今日はお諏訪《すわ》様だって。」見知らぬおっちゃんは寝たまま「あぁ。」と呟く。しばらく横になっていたが河村はふと起き上がり、「ちょっと俺、見てくるわ。」おっちゃんは相変わらず寝たまま「あぁ。」と言う。夜中の2時過ぎ、街道ぞいをフララ歩く。ようやく参道入口に着くと、屋台はブルーシートに覆われ提灯の灯は消え、人っこ1人いない。闇の中へ続いている様なつづら折りの参道を神社まで登る。神社まで行ったものの、やはり何もない誰もいない。お社に向かって柏手を打って何かお願い事をしたのかくるりと向きを変えて、今来た道をまた参道入口の所まで戻る。遠くから白い自転車が2台ライトを灯けて走ってくる。パトロール中の警察官だ。河村は参道入口に立ったまま、だんだん近づいてくる自転車を見ている。「何をしているんですか?」と聞かれるだろう。「今日はお諏訪様だから、白いキツネのお面をかぶった子どもが、ケラケラ笑いながら林の中で遊んでいる様な気がして、見に来たんです。」と言おうと。白い2台の自転車はスピードをおとす事もなく目の前を通り過ぎてしまった。行ってしまった2台の自転車を見送り又、歩きはじめる。帰りは下り坂だから、いく分早い。又、さっきのスーパーのベンチに帰ると、寝ていたおっちゃんは起き上がってベンチに座っていた。「おっちゃん、今、俺、お諏訪様まで行ってきたよ。」おっちゃんは又、「あぁ。」と言う。夜は白々と明けてきた。「おっちゃん、俺、疲れたから帰って寝るわ。又、今度話すわ。」そう言うとスーパーのベンチを立ち去り銀行の隣のマンションへと帰って行く。かなりカケラが残っている夜。

初夏のある日、郵便局の保険の担当者がマスターの保険が満期になるので「お手すきの時に御説明に伺いたい。」と言う。昼間は外に出ている事が多いので夕方店を開ける頃が一番確実かと、5時頃に約束をする。5時に飲みに来る人もなかなかいない。外は明るく、吹く風が気持ちいい。開け放したドアから庭の木立ちが風に揺れているのが見える。軽いボサノバがよく合う午後に郵便局の制服の2人がテーブルにつく。

「東青梅にこんなにおしゃれなショットバーがあるなんて知りませんでしたよ。」

「まさに大人の隠れ家ですね。」

キョロキョロと周りを見回し、棚に並ぶ洋酒を「それは何ていうお酒ですか?」「仕事じゃなきゃ何か一杯飲みたいところです。ここなら時間を忘れていつまでもいてしまいそうですよ。」

初めて来た2人は営業トークでもあるのかとにかくベタぼめをする。ようやく本題に入り、「これが今までの保険内容です。そしてこちらが今回御提案させて頂くプランです。」と、虫めがねで見る様な文字をつらつらと読み上げていく。ひたすらとコクコク頷くマスターはおそらく聞いていない。ねむけと闘いながら頷き時々小さく、ハイと返事をしている。

その時「ドゥァーー!!」と片手に線路に物を落とした時に拾う様なパクパク動く棒をカチャカチャさせて、アロハシャツに真っ黒なサングラス。ツーブロックの頭の後ろで小さなチョンマゲの様に髪を束ねた男が、奇声をあげて飛び込んできた。郵便局員は固まった。口を半開きにアッケにとられ、言葉も出ない郵便局員2人組にパクパクを動かしながら「お前の乳首をつまんでやろう～。」「お仕事で来てるんだから、ふざけないの。」と私は河村を奥のテーブルへ誘導し、そのパクパクをとり上げ、固まったままの郵便局員に振り返りながら「おさわがせしました。どうぞ続けて下さい。」と促す。郵便局員は、奥に座った河村をチラチラ見ながら、説明も明らかに大幅にはしょり、「お客様もお見えの様なので、こちらに印を頂き、今日はこれで……」とそそくさと帰って行った。

「マスターすみません。お仕事のじゃまをしてしまいました。」「ちょうど、話も面倒くさくなってきたところだったので、河村さんのおかげで早くすんで助かりましたよ。」「そうですか。お役に立ててなによりです。」

何とも変なお役に立ち方だ。そして飲み始めた河村は今日の行動を話し始める。河村夫婦と義兄と24時間営業の居酒屋にランチに行って飲み始め、そのまま義姉の家に寄り飲んでいたという。義姉の家にあったパクパクが気に入り、もらってきたと言う。夕方5時頃なら、我々しかいないであろう店にそのパクパクで襲撃をかけて驚かせるつもりが、今日に限って初めて来た郵便局員2人組。びっくりしただろうな。ただでさえ河村は声がよく通る。それが酔っ払ってさらに大きな声になって、突然の「ドウァ〜〜!!」右手にはカチャカチャ動く金属製のもの。海賊か、フック船長か。せっかくほめてもらったのが帳消しになった。きっと局に帰って、いやーびっくりしたよ。ビックリハウスだよ、などと言ってるのではないかと思うと、想像するだけで笑ってしまう。

河村の本日の行動の行ったり来たりの説明の話の間に、小学校の先生をしている女性がカウンターに座る。彼女は純粋にジャズを聴きに来るレアなお客様だ。

「初めまして、河村と申します。」奥のテーブルから立ち上がり、挨拶をする「存じ上げております。」「すみません、お会いしてましたか。」「はい、何度も。」と笑う。

自己紹介に立った時、ポケットに手をやり「あっ。」と、ジーンズのポケットから2つに折った食パンが一枚、ボロボロとパンクズをこぼしながら出てきた。「そうだ。ママにおみやげ。」「食パン!?　どうしたの？　これ。」「テーブルの上のカゴにあったんだよ。」どうやら義姉の家を出る時、テーブルの上にあった食パンを一枚、もらってきたらしい。酔った頭でおみやげを思いつくのは嬉しいけど、直にポケットに入れて3時間程人肌であたためた食パン！

「その食パンはいらない。」「パンは嫌いか？」「好きだけどその食パンはいらない。」先生はケラケラ笑う。さっきの郵便局員の話をすると涙をこぼして笑う。「本当におもしろい方ね。会う度に律儀に挨拶して下さるし。」イヤイヤ、それ絶対に覚えていないだけだから。「先日お会いした方も、ポケットのボイスレコーダーオンにしてらしたし。」あぁ、以前河村と2人で来て水だけ飲んできた事も知らなかった彼。酔ってからの自分を確認する為にボイスレコーダーを自分に仕込んできた。「そろそろだな、スイッチオン！」、と、酔って自分をなくす寸前でスイッチを入れた。

翌朝、ラインに「恥ずかしくて聞いてられない。」と一言ポツリ。その話にも大笑いして。「来る度におもしろい方にお会いするわ。ここって普通の方も見えます?」

真顔で聞く彼女に思わず笑ってしまう。「普通って?!」おもしろくない人？平均的な人？　真面な人？

「そうよね、普通って何かしら?」としばらくは普通とは？　の定義で盛り上がる。

昼間会えばみんな普通の人だ。夜のお祭りのアセチレンの光の様に、お酒は人の輝きを見せる。「酒は飲んでも呑まれるな。」河村の座右の銘はいつも音をたてて崩れる。

徳之島の直《なお》ちゃん

産業廃棄物収集運搬の傍ら始めたJAZZbar Ray。店を始める以前に時々寄った焼鳥屋で初めて見かけた直《なお》ちゃん。小柄なおじさんは「直と申します。直は苗字。チョク。チョクって書いてナオ。直はね、徳之島から○×△△トクノシマ、△×△○ね、×○△ね。」所々にフチューとかヒガシオウメとか出てくる。コーバコーバは自動車工場の名前の入った青いツナギを着ているので会社の事がコーバ（工場）らしい。訛っているのと酔っ払っているのとで言葉がわからない。うんうんと聞いていると「ヨッシャ、ヨッシャ、会えて良かった。カンパーイ。」と笑う。

初めて会った頃の直ちゃんは50代後半。気前が良くて会う人皆にビールをついで歩く。我々がRayを始めたと知り、職場の仲間と飲みに来た。週末に来ていたのがいつしか毎日仕事が終わると一番端の席で壁に寄りかかって「ねーねー、あのねー、直はねー○×△□。」と始まる。直ちゃんは自分の事を直と言う。赤ちょうちんの焼鳥屋で聞きとれなかった言葉は毎日聞いているうちにスピードラーニングの効果あり、少しずつ聞きとれる様になってくる。徳之島の言葉で「どうもありがとう」は「うぼらはだれん」と言うそうで、ちょっとした時に「うぼらんうぼらん」と言っている。「どうもどうも」みたいな感じだろうか。

直ちゃんは徳之島で生まれ育ち、高校入学で15歳年上の兄貴の所へ上京してきたと言う。直ちゃんが子どもの頃の徳之島はまだアメリカの統治下にあったそうでカタコトの英語は喋れる。就職も言葉が通じないと不自由だろうと、兄貴が調布基地の自動車修理工場の仕事を見つけてくれて、英語と直ちゃん語の半々で仕事を覚えたそうだ。それからずっと自動車修理の仕事をしている。

「ねーあのね。調布基地、知ってる？　直は○×△って所で車の修理。アメリカ、アメリカ、チョーフのアメリカだよ。」調布基地も日本に返還され、府中の自動車工場に移るも、飲酒運転で人身事故を起こし、給料を半分に減らされ、家賃にも困っていたところ、東青梅の修理工場の工場長がうちの工場なら2階が寮になっているから身一つで来ても大丈夫、と引き受けてくれた。そこから30年以上東青梅にいるという。これだけの身の上話を理解するのも随分とかかった。

Rayの壁にBudweiserのネオン管がかかっている。それを見ながら「スペアリーヴ食べて、バーベQだよ。Budweiserは。楽しかったなぁ、ウィークエンド。」と話の順番はメチャクチャだけど、調布基地にいた頃は週末はバーベQして、スペアリブ、（直ちゃんは殊の外スペアリブが大好き）をかじりながらバドワイザーを飲んでたんだなあ、と想像する。このオッチャンからは想像のつかないアメリカナイズされた生活だった様だ。その経歴が「トクノシマ、フチュー、ヒガシオウメ、コーバ、コーバ」に凝縮されて、話してるんだな。と納得する。

寮からマンションに引っ越した直ちゃんは工場から家まで、居酒屋、赤ちょうちん、スナック、キャバレーの間を飲み歩いて帰る。いつもスッテンテンだった。

　オートロックのマンションに住んでいて酔っ払うとマンションの鍵をなくして入れなくなって、誰か来るのを待って一緒に入ったりしていた。夏のある日、直ちゃんのマンションの前の歩道で大の字に寝ている直ちゃんの写真を、居酒屋の店員が見せてくれたという。

「酷いんだよ。直がたおれてるのに、助けないで、写真だよ。ケータイケータイ。」「酔っ払ってたんでしょ?」「ウヒャ。」「鍵なくして入れなかったんでしょ?」「ヒョーッ。見てたの?」「見てなくてもわかるよ。」「アゲー。」

　ある時、直ちゃんの帰った後に電話がかかってきた。「ねえねえ、直のいた所、鍵落ちてる?」

　イスの後に財布が落ちてる。「鍵はないけど財布が落ちてるよ。」「ウヒャア、お金入ってる?」「小銭しか入ってないよ。」「アゲー使っちゃったか。ファ、カードは?　カード。」カードケースに一枚だけ入っているカードを引き出すと駅前スーパーのポイントカード。「コジカカード?」「へへへ、ポイント貯まってんだよ。ヒャヒャ。」と電話は切れる。翌日財布を取りに来て「一割いる?」「いらない。」「ヒャー、助かったぁ。」「もらったって何十円でしょう。」「ヒャヒャヒャヒャ。」と笑う。「ねえ、聞いてよ、カギ、どこにあったと思う?」「あったの?」「マンションのエレベーターだよ。ヒャヒャ、ヨカッタヨー。」家を出て、いや家の建物を出る前に、落としてる!

ある時直ちゃんは他の店で知り合って意気投合したという50~60代位の男性とその連れの女性と3人で飲みに来た。にぎやかに話すその男の人は、笑った顔のお面をつけている様に見える。連れの小柄なショートカットの女性はただ黙って下を向いて、時々お酒を飲む。その人は「直さんは気持ちのいい人だね。どんどん飲んでよ。」とお酒を勧める。直ちゃんは「社長なんだよ、この人すごいんだよ。会社、2つも3つもあるんだよ。」

2~3の会社経営しているから経費で落としたいので、どんどん飲んで欲しい、って言われたらしい。数々のエピソードで笑わせてくれて、話の合間に直ちゃんや連れの女性に、飲め飲めと酒を勧める。小柄な痩せた女性は表情に乏しくおもしろいエピソードにもあまり笑わない。聞き飽きているのか酔っているのか、下向きぎみに話の合間に頷くぐらいだ。直ちゃんは楽しそうにアハハ笑って、「すごいなー、ヒャー、すごい人だぁ。」と感心する事しきり。そのうち「直さん、唄でも唄いに行くか。」と、カラオケスナックに行く事になり、3人はタクシーで消えた。

翌日、直ちゃんから電話がかかってきた。「直と申します。ねぇ、ゆうべ、大変だったよ、あのあと。」

ここからは直ちゃんの話は行ったり来たりするので順番に組み立ててみると、タクシーに乗り込む3人。仮にその男性をくにちゃんと呼ぼう。くにちゃんは行き先を告げると「直さん。俺が直さんにおごってもらったらおもしろいから、演技しようぜ。」と1万円札を直ちゃんに渡す。「ホエ？」直ちゃんはキョトンとしてお金を受け取る。「俺の行きつけのスナック、ボトル入ってるから3人で1万で遊べるよ。次の店、直ちゃんがこれで払ってよ。おもしろいなぁ。

ママも喜ぶよ。ちょっと唄って帰ろうよ。」タクシーが店に着く、「こんばんわー。」「ハーイいらっしゃい。あら、くにちゃん！」「ママ、今日は直さんがおごってくれるって言うから、連れてきたよ。」「あらー初めまして、直さんってておっしゃるの？　どうぞご贔屓に」と直ちゃんを下にもおかないもてなしっぷり。くにちゃんはちょっと不満そうに「あーあ、直ちゃんにママをとられちゃったな、さ、そろそろ行こう。ママ、タクシー呼んで。」直ちゃんは満面、笑みがとまらない。飲んで唄って、いい気持ちの直ちゃんはタクシーの中で、ウトウト居眠り。

しばらく走ってタクシーは止まり「オイ、直さん、起きろ、着いたぞ。」「え？　ここ、どこ？」「もう電車もないし、俺は飲んだ時に泊まる為にアパート借りてるから、直さんも泊まってけよ。3人でアパートで飲み直して、寝てから帰ろうぜ。」と直ちゃんの肩を抱く。すっかりいい気持ちの直ちゃんは「ヨッシャ！　泊まって帰ろう。」と3人でアパートの部屋へ。その部屋は全く生活感がない。キッチンにポツンとある冷蔵庫からカンビールを3本出し、テーブルとテレビしかない部屋で3人で改めて「カンパイ。」少しの間ビールを飲みながらテレビを見ているものの、くにちゃんは「テレビもつまんねーのしかやってないし、ユーコ、服脱げよ。」と引き戸になっている隣の部屋を開ける。真ん中にベッドしかない。ユーコは言われるままに服を脱ぎ、くにちゃんは「ほら、来い。」とベッドに誘う。直ちゃんはあわてて戸を閉めて、テレビを見てるが、隣の声はいやでも聞こえる。そのうちに隣から「直さんも来いよ。」とくにちゃんが誘う。「嫌だよ、直は寝て帰るだけだよ。」「いいから、こっち来いよ。」

引き戸が開いて、裸のユーコがベッドに横たわり、くにちゃんが直ちゃんの手を引く。直ちゃんは「イヤだってば!! 帰る!」とくにちゃんの手を振りほどき玄関の靴をつっかけて部屋を飛び出す。

深夜2時過ぎ。飛び出したのはいいが、どこにいるのか全くわからない。暗い、ただの住宅地の中を歩いて歩いて、ようやく広い通りに出て、通りにそって歩くうちにやっと見つけたコンビニ。とにかくコンビニに飛び込んで店の名前を確かめる。たいていは店名に地名がついている。東青梅からは随分遠い。カンコーヒーを買って店員に最寄りのタクシー会社を教えてもらい、タクシーを呼んで東青梅まで、ようやく帰りつく。料金は8千円を超えていた。やっと家に帰ってホッとしたものの興奮していてなかなか寝つけない。夜が明けて、朝の音がし始めた頃、ようやくゆるい眠りについた。頭が重く、気持ちが悪い。最低の目覚め。ふとんの中で目だけ開けて、しばらく考える。ゆうべの事。夢じゃないよなぁ。ポケットのタクシーのレシート。

携帯をとり出して電話する。「もしもし、直と申します。ねぇ、ゆうべ大変だったんだよ、あのあと。」

思い出しながら、前後しながら、思い出す順に話す。話し終えた直ちゃんは、ホッとしたのか少し明るい声で、じゃまたねー。と電話を切る。

私は、長い電話を切ってあの笑い顔のお面をかぶった男を思い出す。顔を上げず、うつむいて飲んでいた印象の薄い女も。これも、美人局の一種だろうか。後に聞いた話では、寝て、写真を撮られて2～30万支払った人もいたとか。

そんな直ちゃんも退職後は年金暮らし。飲み歩くお金も少なくなって駅前スーパーのベンチでカンビール飲んでる事が多くなった。「ねえねえ、ビール、飲んでいきなよ。」と通る知人に声をかける。コロナ禍でスーパーのベンチも撤去されて、見かける事もなくなって、世の中、静まり返っている頃、訃報が届く。いつの間にか東青梅の駅前から、直ちゃんが消えてしまった。でもまだふと振り返ると直ちゃんがカンビール片手に歩いてる様な気がする。「ヒャヒャヒャ。」って笑って消えた。

自動車整備工場

直ちゃんがＲａｙへ連れてきた加納《かのう》ちゃん、薄いブルーの細い哀川翔タイプのメガネ。ボウズ頭。少しカン高く大きな声。紺のニッカー上下。ケンカに強そうだ。「ねえ。加納ちゃん、飲めや。」独特のイントネーションでビールをつぐ直ちゃん。加納ちゃんは以前直ちゃんの勤めていた整備工場にいた事があって当時は２人でよく飲み歩いていたという。怒らせたら小柄な直ちゃんなんか一発でふっとんじゃうだろう。酔ってだんだんしつこくなる直ちゃんにハラハラさせられるものの、さすがに古くからの飲み仲間となると上手にあしらっている。「まま、直ちゃん、その話はいいからさ、最近競艇行ってんの？　勝ってる？　あの頃はおもしろかったなぁ。」直ちゃんも「ヒャヒャヒャヒャ。」と笑う。

それから加納ちゃんは時々１人でふらりと飲みに来る様になった。加納ちゃんの仕事は板金屋。直ちゃんと同じ自動車整備工場にいた頃は独身で、まだ若くて毎日直ちゃんと飲み歩いていたという。「おもしろかったよ。あの頃は車業界も景気が良くてさ。会社から立川へ行って試験受けてこいって茶封筒に2万ずつ現金渡されてさ、みんなで立川行って。これさ、試験落ちたら無駄じゃね？　受かんねえよな、って封筒の中の金をのぞき込んで、自然にゲーセンに入ってみんな使っちゃってさ、会社帰ったら試験落ちました。って言えば平気だよ、ってのこのこ帰ったら試験場から誰も来てないって連絡きてて、スゲエおこられたっけなぁ。でも会社もバカだよなあ、俺らみたいなのに現金持たせて立川なんか行って無事に試験受けてくると思ったのかなあ。」

全く工場長に同情する。そりゃぁ大変だっただろう。工業高校出たばかりで入ってきた若者ばかりじゃまだまだ学校の延長線上だったんだろう。そしてそこには伝説のコウさんもいた。

「コウさんってさ、ほんと、おもしろいおっちゃんで、溶接が出来るんだけどダンプの荷台の溶接しとけって言われたら、四方溶接しちゃって、風呂桶じゃないんだから、どっからジャリおろすんだよ!!　って工場長スゲエ怒ってたっけ。」

思い出して笑う。あの頃は裏の空地でゴミ燃やしてて、コウさんはいつもゴミ燃し係。みんないいかげんだからゴミ箱にスプレー缶とかも平気で捨てちゃうから、コウさんがゴミ燃やしてると時々、パンパンってスプレー缶とかがはねて飛ぶんだよ、コウさん大丈夫か？　って聞くと必ず、オレ柔道やってたから大丈夫だよ。って返事すんだよ。いつか裏でドカンって爆発音がしてさ、コウさん大丈夫かー？　って見に行ったら服が燃えながら、オレ柔道やってたから、大丈夫だよ。って。みんなで、柔道スゲエなあ。って言ってたら、翌日コウさん体中に包帯巻いてきてよ。柔道、ダメじゃん。」

イヤイヤ、柔道強くても火傷はするから。

「そういえば、コウさんと飲みに行ってさ、なんかしらない間にコウさんがそこのママにカカト落としくらって、1週間仕事休んだ時もあったよ。なんだったっけ？　原因は。」

そんな話を聞いた後、そのママと飲む機会があった。

「自動車整備工場にいたコウさんに、カカト落としした って伝説、本当の話?」思わず聞いてみた。そのママは小柄でキレイな顔立ち、体型もスマート。逆算すると30歳そこそこの頃の話だろう。「コウさん!! 懐かしい! そうよ、コウさんにカカト落とし入らなくて、正解は回し蹴り!」ママはさらっと言った。「私あの頃女子プロレスに憧れててね、しつこい客にムカついてカカト落ししようと思ったら。コウさんが出てきて、やるなら俺にやれ。っていうから、やっちゃったのよ。しかもカカト落としはずしちゃったから続けて回し蹴り。回し蹴りはバッチリ入って、ヨッシャー!! だったんだけど、後で聞いたらその客、コウさんと全然関係ない人でさ、コウさんに菓子折持って謝りに行ったわよ。」

コウさん、きっとオレ柔道やってたからって言うつもりが、言う間もなくやられちゃったんだろうな。それでもコウさん、それからもその店に通っていたという。

そして加納ちゃんが連れてきた当時の仲間テラ。

「俺もあの頃で思い出すのは直ちゃんだよ。俺、転職で青梅来てさ、寮に入って直ちゃんと飲み歩いてて、直ちゃんが競艇、おもしろいよ〜。って言うから、今度連れてってよ、って言ったら、次の日曜日、朝の7時、直ちゃんが、テラ朝メシ買ってきたよ。って起こしに来てよ。休みの日だよ。朝7時。直ちゃんお湯沸かして買ってきたペヤング焼ソバ作ってくれてさ。ペヤングなんも味がしねえんだよ。先にソース入れちゃってお湯と一緒に捨てちゃっててよ。それでも腹減ってるから、全然味のないペヤング食って出かけたのよ。競艇場着いてさ、まず舟を見に行ってさ、こんな風に両手を耳の後ろに広げてさ、んーあれ、いい音してんな、エンジンよくふけててよ。なんて言ってよ、スゲエなこの人俺なんかワンワンいう音がどの舟のエンジンかもわからないのに、サスガだな。と思って直ちゃんの言う通り舟券買ってってさ。来るよ、これ、なんて2人でワクワクしてたのに、いっこも来ないいんだよ。ダメじゃん、結局2人共全レーススッちゃって、飲んで帰ってきてさ。でも楽しかったんだよ。それからよく2人で競艇行ったなぁ。1回だけ直ちゃん最終レースで大穴当ててさ、2人で夜中まで飲み歩いて、終電なくなって、カプセルホテルで寝て帰ろうって事になってさ。とりあえず横になってみたけど、ねむれなくって、直ちゃんねちゃったかな？　って隣のカプセル覗いてみたのよ。直ちゃん、残りの金、20万くらいかな、あおむけに寝てその金を胸のあたりから放り投げて自分の上にヒラヒラ落ちてくんの見ながら笑ってんの。俺が見てるのに気付いて、テラ、おまえもやる？　楽しいよ、だって。笑ったなあ。今思えば、たった20万だけどあの頃は20万で幸せになれたもんなあ。」テラは懐かしそうに遠くを見ていた。

「あそこで一番直ちゃんぶっ飛ばしてたの、テラだな。」

え?!　テラと直ちゃん、仲良しじゃないの？

「テラは気が短いからすぐぶっ飛ばしちゃうんだよ。でも直ちゃんも何回でも起き上がってくんだよ。スゲエな、このおっちゃん、根性あるな、って思ったよ。」加納ちゃんは言う。「あの頃の工場は殴る蹴るは当たり前だったから。仕事中だってちょっとなんかあればすぐケンカになってたよ。俺？　俺もよくぶっ飛ばしてたよ。頭にきて工場長ぶっとばしちゃった時はヤバかったなあ。よくクビになんなかったと思うよ。」

威勢のいい腕っぷしの強い連中ばっかりだと、ケンカもコミュニケーションの一つなんだろうか。

「俺一度二日酔いでレーンに落っこちちゃってさ。」

レーンというのは車を下から整備する為に車の下にはいれる様に深い溝になっているところの事。

「落ちた時、レーンに股間を思いっきり打っちゃって、痛くて起き上がれなくてサ。下で苦しんでたら会社で救急車呼んでくれて、救急隊に助けられて救急車に乗って、救急隊の人が打った所、見せて下さいって言うのよ。痛くて立てなくて、救急隊の人に両肩を支えてもらってやっと立って、パンツ下ろして見せてたら、加納君大丈夫か？　って誰か後ろのハッチ開けて。俺、パンツ下ろして両肩支えられて仁王立ちの所で、バーンってハッチが上がっちゃってみんながら見てる中で、「御開帳ー！」だよ。俺もビックリしたけど周りもビックリしたろうな。会社の人間と、近所の人と通行人とみんなが見てる真ん中で、突然の御開帳だよ。俺も両肩つかまってるから股間かくせないし、『早く閉めろ！』って言うのが精一杯でさ。あれにはまいったよ。」

自動車整備工場では、日々色んな事件が起きていた。ある建材屋のダンプカーの整備の時にもある事件があった。ダンプカーの様に荷台のある車は運転席などがあるキャビンの下にエンジンがある。エンジンを整備する時はキャビンを上げる。キャビンを上げるといっても垂直に上げるわけではなく、キャビンの荷台側が外れて前に45度前後傾く様な形になる。フロントガラスが下に45度程傾く感じになるわけだ。大型のダンプやトラックは、大抵運転席の背中側に仮眠スペースがある。カーテン等で仕切って仮眠するドライバーは多い。その建材屋のダンプカーが整備の為に入庫してきた。

「ダンプのキャビン上げたらサ、ドンって音がして、フロントガラスに白いもんが降ってきて、ドアが開いて、シュミーズ姿のおばさんが落っこってきて裸足で駆け出して行ったんだよ。駅の方に走って行っちゃったけど、あのカッコで大丈夫だったのかなあ？」

どんな事情があったのかシュミーズ姿の女性がダンプカーの仮眠スペースで寝ていたら、突然整備工場に放り出されたのだろう。整備するダンプカーから下着姿の女がころがり出てくるなんて、なかなかない事だろう。後にも先にもそれ一回きりだったと言うけれど、出てきた方も出てこられた方も、ビックリだ。

今ではその整備工場も、朝はアルコールの呼気検査から始まる様になり、整備士の数も少なくなり、その上高齢化してケンカする人もいなくなった。周りは住宅地になり、勿論ゴミ燃しはしない。寮だった所も部品倉庫になっている。直ちゃんもいないし、コウさんもいない。コンプレッサーの音と、ハトよけのミラーボールが高い天井の梁で静かに回っている。

たまとケイコとナイトーと

あれは夏になる前、入梅時の、ある夜、白髪のロングヘアーのやせた女性が店に現れた。

コロナビールを頼み黙って座る。ビールを半分位飲んだ頃ツマミを出しながら「どなたかの紹介ですか？」と聞くと、「いいえ、JAZZbarって書いてあったから。」思わず、「勇気ありますね。なかなか女性1人で入ってこないんですよ。」「中野から越してきたばかりなので近所を散歩していたら気になる店を見つけたので、夜来てみようと思って、勇気を出して入ってみました。」と笑う。

店の中を見回してソニー・スティットだったか、何かリクエストした。「中野では、ブロードウェイの近くで無人駅っていう店をやってたんです。そこが耐震問題や色々で取り壊しになるから店舗さがして、福生や奥多摩まで見て歩いたけど、ピンとくる店がなくてね、福生を案内してくれてた不動産屋が東青梅駅から徒歩5分、店舗付住宅が売りに出てますよって、ここなら中野のお客さんも来れるかな、と思ってね。」と場所を説明してくれる。ずっとシャッターの閉まっている店だ。「そう、元は写真屋さんだったから店にするには改装しないといけなくて、今知人に頼んで解体しているところなんだけど、市役所に聞いたら解体ゴミは出せないって言われて、業者を頼もうと思って。どこか業者、知りません？」

青梅に越してきて初めて入った飲み屋が産廃業者だった。ひょんな事から解体ゴミを取りに行く事になった。元々は白かったであろうクリーム色のクロスを剥がして天井をおとす。赤いサビ止めを塗った鉄骨がむき出しになった。「いいなあ。天井はこのままでいこう。」山型に剝がされたクロスにペンキで富士山の絵を描いた。床の汚れやしみは黒いペンキで猫の足跡にして、点々と奥へ向かっている。

次に行った時には張り出し舞台の様な半円形の中二階が出来ていた。半円の下には電子ピアノと揺りいす。壁という壁にはポスターや絵が無尽蔵に貼りめぐらされている。入口の上の壁には床にばら撒いた様に絵が貼ってある。「あぁ、それモデルはあたし、中野の店の客が描いたのよ。」黒い絵筆で、荒々しく描かれているものも、少し柔かいタッチのものも、輪郭と目は全部たまちゃんだ。「すごいばあさんでさぁ、青梅から飲みに来てたのよ。」この絵の量から察するとずい分飲みに来ていたのだろう。そして弧を描く様なカウンターがついてなんともアナーキーな店になった。夏が終わる頃、無人駅という名の店はオープンした。

そして我々も休みの日には無人駅に飲みに行くようになり、たまちゃんも中野時代のお客さんを連れて飲みに来たりしていた。

そんなある夜、無人駅に行くと女性がキーボードを弾いている。譜面台には分厚い昭和歌謡と書いてある本が開いてある。弾いている曲は津軽海峡冬景色。彼女は「歌って歌って。」と言い、「上野発の夜行列車降りた時から〜、ハイ！」というかけ声につられ歌う。ページをめくり、「次何歌う？」と流しのキーボード弾きは言う。本は古い昭和歌謡が多く知らない曲も多い。「古い曲なら何でもできるよ。」とお座敷小唄を弾く。聞けば老人介護施設で働いていてレクレーションの時間に歌の伴奏をしているという。やけに古い歌ばかりだと思った。

「でも本当はビリー・ジョエルが好きなのよ。」といきなりオネスティを弾く。一風変わったキーボード弾きケイコは酒を飲むとせわしく話す。同じ単語を3回ずつ繰り返しながら話すから、せわしく聞こえる。「知ってる？」と聞くと、「知ってる、知ってる、知ってる。ほら、あれでしょ、知ってる。きっとあれだわ。うん、知ってる。知ってる。」酔えば酔う程、リピートが止まらない。

ケイコが借りている駐車場の大家さんの息子が無人駅にもＲａｙにも飲みに来てると言う。ケイコの言うのには、飲みに来るのは弟の方でケイコの駐車場の前にある家に住んでいるのが兄貴らしい。「顔は似てるのよ、似てるけどちょっと違う。性格がね全然違うの。弟の方は飲みにも来るし、挨拶もするし、話もしたり、結構社交的だけど、兄貴はあんまり話さないの。柵の所でタバコ吸ってるけど、会釈するぐらい。でも優しい時もあるの。冬の朝、フロントが凍っちゃってとれなくてガリガリ擦ってたら、家からお湯持ってきてくれてかけてくれたの。」

その大家さんの息子が飲みに来た時、聞いてみた。「兄弟？　弟はいるけど、もう長くよそで暮らしていて、滅多に青梅には帰ってこないよ。駐車場の前の家？　ああそれは俺んち。その奥の家が両親2人暮らしだよ。弟？　泊まる事すらないよ。タバコを吸いに出るのは俺。うちの嫁さんタバコ嫌いだから、いつも外で吸ってるよ。」

「ぜーったい、2人いるって！　顔立ちもちょっと違うもん。兄貴の方が少し顔が長いよ。私、10年も駐車場借りてるし、10年も兄弟に会ってるもん。大家さんは奥の家のお父さんだけど、息子にも会うもん。」

真相を確かめたくてもなかなか同じ日に来ない。「本当に俺しかいないって。

弟なんて何年も来てないし来たって正月とかだし、タバコ吸ってるのも俺だし飲みに来るのも俺、冬にお湯持ってったのも俺だよ。」

「え？　ドッペルゲンガー？　私にだけ2人見えるの？　顔も性格も違うんだけど、本当に1人って言ったの？　どっちが？　そっか1人だからどっちでもないのか。10年間も2人と会ってるのよ、私。今さら1人でしたって言われても……。」ケイコは混乱していた。そしてまだ納得出来ないでいた。

「俺の方が彼女は二重人格かと思ってたよ。オハヨーって挨拶する日もあればやけにヨソヨソしく黙って車に乗っちゃって、気分屋なのかと思ったよ。なんか機嫌が悪そうな日は話しかけないでオーラが出てて、俺も黙って家に入っちゃったりはしてたよ。」少し謎がとけてきた。彼女の機嫌が兄と弟を作り出していた。納得のいかない彼女は「今朝、車からチラっと見たけど兄貴だった。やっぱり2人いるよ、絶対。」と絶対に力をこめて言った。兄貴がいなくなるまで少し時間がかかった。

　ケイコは私達のバンドでキーボードを弾く様になった。さすがに彼以外には兄弟も姉妹も現れない。私にも姉か妹が現れたらおもしろいのに。

もしかしたらみんな色々な自分を持っていて、それを1人の人間として一色の色として色別しているだけの事かも。

何色かの色分けした独楽が回ると一色の色になる。止まった時は各々の色が見える。ケイコはそんな止まった独楽を見ていたのかもしれない。

そしてコロナ禍になり、介護施設で働くケイコはバンドやライブ、外食までも制限され、休止状態になった。ドラムの智生《ちせい》もアレルギー体質でワクチンを打てず、家には高齢者もいるので休止。我々も当初は店も休み休止状態ではあったが、2年も経ち制限も緩んだ頃ベースのおにいと2人のユニットで練習を始めた。コロナが明けて活動を再開出来るかと思った頃、行きつけのライブハウスは閉めてしまっていた。2人のユニットで身軽になった分、小さなカフェのオープンマイクなどに参加出来る様になった。

「こんばんわ、私、内藤《ないとう》と言います。」ある夜、店に女性が訪ねてきた。大きなザックを背負い肩から斜めがけのサコッシュ。両手には袋に入った大荷物を提げ、楽器のケースも持っている。バケットハットを深くかぶり、あごの下でヒモを締めている。そのまま直立不動で「バイオリンを弾いています。ケイコさんに会って、ここの場所教えてもらいました。私の行ってる楽器屋さんでアンティークのピアノをカフェに設置すると言うので見に行ったんです。そこにケイコさんがいてピアノ弾いてくれたんです。その楽器屋さんに私はバイオリンのメンテナンスでお世話になっていて……」

話し続ける彼女に飲みに来ていた河村が声をかける。「お姉さん、その重そうな荷物を下ろして、座った方が……」

「そうですね、ありがとうございます。」と荷物を下ろしながらも楽器店の場所や店主、アンティークのピアノ、カフェの様子を話し続ける。

「お姉さん、何か飲む？　一杯出してあげるよ。」「車で来ているので……」

「ママ、コーヒー入れてあげてよ。」

私はコーヒーを入れながら彼女の話よりも大量の荷物が気になっていた。車で来たのになぜこんなにも大荷物を持ってきたのだろう。長い長い説明が終わって、話は終盤。「ケイコさんが指が痛いから少ししか弾けないけど、って津軽海峡冬景気を弾いてくれて、歌ってって言うから歌ったんですよ。歌詞わかんないから一番2回も歌っちゃった。」ケイコはコロナ禍の間にヘバーデン結節という指の関節が痛む病気になって、キーボードも長く弾けないと言っていた。「歌った後、ケイコさんと話していて、楽しいって言って、ケイコさんの活動聞いたら、ゆかりさんとバンドやってたけど、コロナで休んでそれから指が痛くなって、行かれないから、あなた行ってごらんよ。と店を教えてもらったんです。私、バンドやったことないんです。」彼女は音大の出で、羽村フィルとかに所属しているという。数人で弦楽四重奏とかもやっているらしいが、ギターやベースとは合わせた事はないと言った。私達とは種類もレベルも違う。

「私達、全くの趣味でやってる素人でヘタクソだよ。日曜日の3〜5時にここで練習してるから、よければ来てみれば?」と楽譜のコピーを2曲分渡す。

「3時ですね、行きます。」と元気に帰っていった。あの大荷物は一度も開けなかった。

日曜日、彼女が来ないのを気にしつつも、ベースと練習して4時過ぎた頃ラインが入る「フィルの練習終わりました。これから向かいます。」4時半過ぎ、息を切って走ってきた。「フィルの練習途中で抜けようと思ってたのに抜けられなかったー。」ラスト30分で合わせてみる。不協和音が入る。

「変な音、いっぱい入っちゃって歌いにくくないですか?」なんだ、わかってるんだ。あいまいに笑いながら「うん、歌いにくい。」

次の日曜、今度は4時に来た。ちゃんと練習してきたのか、変な音が入らなくなった。一通り出来てきたので、最初のイントロ、タータータ、タタタタータタってやってみて、メロディーを口ずさむとすぐに弾いて「こんな感じですか?」「それを2回やったら歌入るよ。」「間奏も今のフレーズから自由にやってみて。」だんだん出来上がっていく。なんとか2曲仕上げて、カフェのオープンマイクに出てみると、案外うけが良く、この曲にバイオリンも斬新だね、と評判が良い。たった2曲だけど、彼女のクラシックじゃない初舞台はとても楽しく成功した。

次の練習日「ナイトー着きました。」我々より早くきて待っていた。いつの間にか羽村フィルはやめていた。荷物の量は相変わらず多い。一度も開けない重い荷物を不思議に思って聞いてみた。「えーっと、歌の本でしょ、これも、これも、楽譜と、ヒマな時に読んだりする本。」分厚い本が何冊も出てくる。「それからヒマな時にお友達に手紙を書きたくなるかもしれないからレターセット。喉が渇いた時に飲むお水。予備のペットボトル。タオルでしょ、ポーチに。」と次々と何かが出てくる。重量よりも安心を背負って歩いてる。

昼のカフェライブ。ベースとカホンは諸用で来られないという。PM2：15～PM2：45迄、30分間の出演。「私、仕事終わり次第行きます。間に合わないかもしれないので、先にやってて下さい。」

当日、PM1：55、ラインが入る。「今拝島で青梅線に乗り換えました。発車待ち。先にやってて下さい。」うん、間に合わない。拝島から東青梅まで約15分。東青梅駅からカフェまで、徒歩10分。外は雨だし、おそらく彼女は大荷物。徒歩10分では来れないだろう。前の演者さんが早く終わり、こんな時に繰り上がる。ＰＡさんからＱがでる。

「こんにちわー只今バイオリンが青梅線に乗ってこちらへ向かってます。2時前に拝島でしたから間に合うかどうかですが、来るまで、私1人で演ります。」小さなアットホームな会場には、笑いと心配と驚きの混ざったザワメキが広がる。予想していた展開なので、大丈夫かなあ？　と言いつつ、歌い出し「大丈夫だ！」という歌から入る。

3曲程歌ってＭＣの間に会場から業務連絡「楽譜忘れたとの情報入りました。」「アチャー。」会場がドッと沸く。5曲歌い終わって2時半過ぎ、そろそろ到着かと思った頃会場から「来たよー。」「来た来た。」と声がかかる。残り10分ちょっと、スリル満点。バイオリンを持ってステージに上がりハアハア言いつつチューニングを済ませて、「ハイ、ＯＫです。」と、かけつけ2曲。楽譜がないので演奏はあやしかったけど、会場の皆にも周知の事実。なかなかやろうと思ってもできないパフォーマンス。

「よかったー！　最後だけど間に合った。みんなに拍手されたー。」満面の笑みで、大盛りランチを食べる。「あ、職場のくつ、はきかえてくるの忘れちゃった。」と白いコックシューズ。あぁ、この大荷物に、くつをはきかえるのを忘れた時の予備のシューズが加わらない事を祈りながら「コックシューズでバイオリンを弾く女」を見ていた。

ボランティア

70を過ぎたと言うその人は、見た目もっと若く見える。ファンデーションをたっぷり塗って眉をくっきり描き、目は黒く縁取りし、赤い唇は和田アキ子の様な野太い声で喋る。聞けば3度結婚したと言う。

「1人目の旦那とは別れたのよ。2人目と3人目は死んじゃった。2人目はね、結婚して1年ぐらいで死んじゃったかな？　元々、じいさんだったもの。3人目もね、じいさんだったから半年で死んじゃったのよ。」何のくったくもなく喋る彼女を見ながら、それって後妻業ってやつでは？　と心の中で思う。一緒に来た石井《いしい》さんが「毎日食事に変な薬でも盛ってんじゃねーのか？」とからかう。

「違うわよ、本当に死んじゃったのよ。一人暮らしで淋しそうだから、カラオケに誘ったり、温泉に連れて行ってあげたりすると、すごく喜んでね、人生楽しまなきゃ損よ、って言うと、そうだ、その通りだ、って言ってね、あっちこっち遊びに行ったわよ。この年になってあんたに会えて良かった、って言われて嬉しいじゃない。なにくれと世話してあげてたのよ。具合が悪くなってからも病院に連れていったり身の回りの事もしてあげると喜んでね、俺が死んだら何の世話もしてくれない遠い親続よりあんたに残してあげたい。って言ってくれてね、籍を入れるのよ。それから死んじゃうのよ、だから籍を入れたから死んじゃうんじゃなくて、死にそうだから籍を入れてくれるの。」

話を聞くと美談だが、はたしてそれが二度もあるとは……。その上残してくれたお金は、スーパー銭湯に歌いに来る男性アイドルに1千万近くつぎ込んだという。

「私も淋しかったのかしら、バカだったなぁ、パーっと使っちゃったのよ。うちわも千本作ってあげてね。服買ったり、全国ツアーも行ったわよ。食事したりホテルに呼んだりして、楽しかったけど、お金使うのってあっという間だったわ。あー、バカだったわ全く。」そう言いながらも何か楽しそうに見える。

「今はね、バカみたいにお金使って楽しむんじゃゃなくて、お金がかからなくても楽しめる様に、お友達がやってるスナックを昼間借りて、淋しい年寄りを集めて昼カラの会をやってるのよ。１人５００円で軽食付き。サンドイッチとか作って、食事がてらカラオケで遊んでその上送り迎えまでしてあげるのよ。ドリンク別っていっても年寄りだからそんなに飲まないし、いくらにもならないんだから、ボランティアみたいなものよ。私も楽しいし、みんなにあんたはいい人だねって言われてね、それが嬉しいから夢中でやっちゃうのよ。」

「そこで次のターゲットを見つけるわけだ。」石井さんがチャチャを入れる。

「違うわよ、ボランティアよ、ボランティア！」と軽く叩く。後妻業まがいの彼女は、だんごやもちを安く仕入れてイベントや祭りで売ったりもしていた。

石井さんはおもしろがって手伝っているうちにいつの間にか随分お金を貸していた。「○○が安いから仕入れときたいけど今持ち合わせがなくて……」と言われると「いくら？　貸しとくから買っとけよ。」とお金を渡す。それを元手に祭りに出店して売りさばく。石井さんも手伝って大さわぎして完売して喜ぶ。日当を支払おうとする彼女に「俺は楽しいから勝手に参加してるだけだからいらないよ。」と断って、「あー楽しかったなぁ。もちのつかみ取りとかさ、もうこーんな顔して必死につかんでんの。アハハハおもしろかったぁ。」と実に満足気に話している。

「仕入れの金？　精算したら持ってくるだろ。」

それっきり仕入れの事には触れず、石井さんに「仕入れの金は返せよ。」と言われて、「あら。忘れてた、ごめんなさい。どうりでもうけが多かったはずだわ。使っちゃったわ。ごめんなさい。今度のイベントで返します。絶対、忘れません。」次の仕入金を借りていく。

あんまり物が良くないとかイベントが雨で流れたとか、色々と言い訳をして逃げ回る。何度も繰り返すうちに返すより借りる方が多くなり徐々に膨らむ借金。その上詐欺まがいの手付金。石井さんが倉庫を探していると知って、不動産業もやってるという彼女は元夫の家が空家だから安く譲ると持ちかけ、見に行った石井さんは即決で買う事に。すぐに手付金の40万を渡すが、そこからがなかなか先に進まない。名義が換わらないので、名義を換えたら全額支払うから先に荷物を入れるぞ、と荷物を入れ始める。「いいんだよ、あいつんちだから、早くやらせる為にプレッシャーかけとけば。」

そんなある日、見知らぬ人が「その家は私が買う事になっている。」と言いに来る。手付金もそちらの方が多い。どういう事だ。すぐに電話するが出ない。怒り心頭で彼女を捜し回る。

昼に見つけて問い詰めるが「ごめんなさい。手付けも多くて売値も高かったのよ……。石井さんに返そうと思ったのよ。でも使っちゃって、何とかしようとがんばってたのよ。お金が出来たら説明して返そうと思ったのよ。」どんなに怒鳴られても怒られてもひたすら「ごめんなさい。」を繰り返す。石井さんは掃除屋の社長で職人を使っている事もあって怒る時にはヤクザ顔負けの迫力がある。その迫力を持って怒鳴ってもひたすら「ごめんなさい。」を繰り返し、又、借金が膨らむ。

あきれた事にほとぼりがさめた頃、又お金を借りに来る。今度は通帳と銀行印を持ってきて、中身を見せて3人目の夫の遺族年金が入るからこれを預けます。通帳には隔月の年金の入金記録が印字されている。このまま預けるのでこの額貸して下さい。

支給日、人の通帳から下ろすのは嫌なので、本人を連れて下ろしに行って下ろしてきてもらう。下ろしたお金を渡すなり「今月どうしても苦しくて全額は無理なの。半分だけ貸して下さい。必ず返します。」と頭を下げる。銀行の中人目もありつい「半分だけだぞ。」と又借してしまう。

「半分はとれたからいいや。」と言っているとそのうちに1万円返しに行きます。と連絡が来る。確かに茶封筒に入った1万円を持ってきて、「ありがとうございました。少しずつ返します。」と渡す。石井さんはご機嫌に受け取りながら「そうやって少しでも返そうって気持ちが大事だよ。俺だって怒鳴ったり怒ったりして返してもらうより断然気持ちがいいもの。」と終始ニコニコしている。２人が帰った後、石井さんだけ戻ってきた。

「忘れ物？」

とっさにイスとテーブル周りを見る。

「ママ、やられたよ。1万円返しにきて帰り際2万円持っていかれたよ。」「なんで?! 又貸したの？」「車までいったらサ、あ、そうだ、っておつまみくれて、これおいしいのよ、って言うから食べてみたらうまいんだよ。うまいね、って言ったら今市場でね、安く仕入れられるのよ。残念だわ。その1万円がそのまま右から左で3万円で売れるわよ。なんて言うから、今日はわざわざ自分から返しにきた気持ちに免じて1万円貸してやってもいいかなと思って、これで絶対に買ってこいよって渡したら、もう1万円あれば一箱おまけにくれるの。それを石井さんに金利代わりに持ってくるわ、って言うからついもう1万出しちゃったよ。」

おみごと。

そんなある日石井さんが「ママちょっと見てよ。」とタブレットを開き動画を見せてくれる。男性2人の漫才。借金を返しにきてあれこれ喋って最後には返したお金を又、借りていく。これを名付けて「ライジングサン」と言う。で終わる。ゲラゲラ笑いながら、「俺なんか〝ダブルライジングサン〟やられてるわ！」

あまりにも借金が減らないのでヤクザまがいの闇金から借りさせて返してもらおうと目論む。一度キャッシングが出来る買物用のカードを作りに連れていったら、審査が通らなかったので闇金に連れて行く事にした。あとはこわーい彼らが取り立てる。そうすれば言い訳も泣き言もダブルライジングサンもなくてすむ。

「びっくりしたよ、闇金でさ、何て言ったと思う？　この人だけは勘弁して下さい。だよ。思わず、おまえどんだけ悪いんだよって言っちゃったよ。」

いさぎよい程悪いばあさんだ。とにかく闇金すら貸してくれないとなれば労働力で返してもらう事にする。倉庫へ連れて行って荷物の整理や在庫確認、掃除や買い物、草取り、毎日仕事を作って借金から日当分を引いていく。

「いい考えだよ。荷物も片付くし、忘れてた在庫品もでてきたし運転も出来るから役に立つよ。早く気がつけば良かったよ。」最初のうちこそ喜んでほめていたものの、暫くすると「あいつ見てるとよく働くけど、見てないとサボってるんだよ。仕事量でわかるんだけど、一度隠れて見てたらキョロキョロ見て、俺がいないのを確認してドッカリ座って空を見上げてボーッとしてんだよ。おもしろいからそのままソーっと他の用事をして、2～30分後に見に行ったらまだ同じ体勢でボーッとしてんだよ。あれは一時間でも二時間でもボーッとしてるな。急に俺が行ったら何て言ったと思う？　あぁ疲れた、腰が痛いから今座ったところなのよ。5分もしたら仕事します。なんて腰をおさえながら言ったよ。見てなきゃ騙されるところだったよ。座りすぎて腰が痛いんだろ？さっきっから座ってんの見てたんだよ！　と怒るとごめんなさい。って謝って、本当に今日は腰が痛かったのよ。ごめんなさい。ちょっと魔が差しちゃったんだわ、ごめんなさい。心を入れかえて、これから倍も働きます。なんて言ってよ、咄嗟に言い訳したり演技したりするところは本当に大したもんだよ。油断も隙もありゃしない。」

そんなわけでいつも彼女を連れて監視下において仕事をさせる。彼女も食事代もお茶代もガソリン代も全部人まかせで済むので嫌がりもせずついて歩く。毎日の様に一緒に行動しているうちに「俺、何やってんだろ。なんであいつの昼飯やお茶代やガソリン代まで払ってやって働かせてるんだろ。俺の自由もなくなるし、うちのヤツには女連れて歩いてるんだって？　なんてあらぬ誤解をされるし、見てみろよ、ババアだよ、って会わせて誤解は解けたけど、何で金貸した俺がこんなに苦労するんだよ。」暫くの間は連れていたがだんだんフェードアウトする様に彼女を見なくなった。

まるでトムとジェリーの様な追いかけっこは、見ていて結構おもしろい。彼女もそろそろ次のターゲットを見つけただろうか。笑っちゃうくらいしたたかで悪いのにどこか憎みきれない彼女は、きっとお金のにおいのする所で又追っかけっこしてるんだろう。ボランティアよ、ボランティア！　って。

もう呼ばないでね

この話は嵐君《あらし》の話。嵐君といっても立派な中高年。年の頃なら50代前半。それでも君付けで愛されているそのキャラは子どもの様な純粋さだろうか。嵐祐作《ゆうさく》。俳優の様な名前とそこそこの顔立ち、中背、少し痩せ気味、猫背。見た目は立派なおじさん。中身と生活はほぼ小学生位だろうか。会社のロッカーに黒々と油性マジックで山風とある。こんなに離して書いたら誰も嵐って読めない。

嵐君はリサイクルセンターでゴミの分別作業の仕事をしている。女性の少ない職場に新卒で若い女性が入社した。口数の少ない女性に興味はあるものの、恥ずかしがり屋の嵐君は挨拶すらまともに出来ない。キツい、キタナい現場作業で若い女性はなかなか続かない。休憩時間に坂上《さかうえ》君が聞く「嵐君、今度入った女性、続くと思う？」嵐君はチラリと他に視線を移して手を頬に当て、少し考えてから「うーん、そうだな。俺の見たところ、十中八九まで……わかんないな。」嵐君の答えを期待していた人達はドッと笑う。嵐君は恥ずかしそうにクネクネしている。質問した坂上君は、お腹をおさえて笑いながら「嵐君。十中八九の使い方……ヒィ…まちがってるぞ。」笑いながらとぎれとぎれに説明するも、十中八九という言葉を使った嵐君は少し得意気に「うんうん。」と頷いている。

嵐君はキレイな女性を見ると口元は緩み放心状態。飲み会で呼んだコンパニオンのお姉さんミニスカートのピンクのスーツ。ビールを飲むのも忘れジーっと見つめる。お酌をしながら段々近付いてくる。

「嵐君、よだれ、よだれ。」あわてて我にかえり手の甲で口元を拭う。「出てねえって!!」「もう少しでよだれたれてたよ。」と同僚にからかわれる。

「嵐君、ビール一杯だとついでもらえないぞ。」はっとしてピンクのスーツを視界に入れたまま泡も立たないビールを一息に飲み干す。あと2人のところでビンのビールがなくなりコンパニオンは「ビールお持ちしますね。」と板場に向かう。嵐君は空気の抜けた風船人形の様にグッタリと下を向いている。誰の言葉も耳に入らない。

「お待ちどおさま〜。」

シュー!!　と音を立てて空気が入る。シャキっと座って嬉しそうにビールをついでもらう。本当においしそうに口をすぼめてチュルチュル少しずつ飲む。コップ一杯のビールを大事に大事に飲みながら遠のくピンクのスーツを目で追う。

女性は見るだけのシャイな嵐君が、ある日デリヘルを呼んだと聞いた。そりゃ一大事。普通のおっさんがデリヘルを呼んでも驚かないが、小学生の心を持つ嵐君が一体どうやって、しかも両親を亡くしてからは妹が週に一度、掃除・洗濯など世話をしに来て1週間分の食費（一日あたり千円位）をもらう。お金だって理由もなくもらえないはず。

「嵐君、どうやって呼んだの？」聞けば会社帰りに同僚が電柱を指さして、ここへ電話すれば女の人が家に来るよ。と教えてくれたと言う。（当時、まだ電柱にベニヤ板に貼ったポスターをくくりつけた看板、主に風俗系の物がたくさんあった。）

早速、指さして教えてくれた真っ赤な唇の絵のついた看板の針金をはずし、ベニヤ板のままのポスターを持ち帰ったという。真っ赤な唇の絵がついたベニヤ板を脇にかかえて電車で４駅帰ったのかと思うと、想像するだけでも笑える。気付いた人も見ないふりしてくれてただろうか。お金はどうしたの。「金？ケータイが水に落ちて妹に電話出来ないから、２万円貸して下さいって社長にウソついてもらった。」なかなか悪知恵は働く。60分だか90分だか１８０００円と、持ち帰ったポスターに書いてあったらしい。

「電話したら、30代40代50代で御希望は？　って言うから40代でお願いします。」嵐君、ここで一息飲み込んで「ピンポーン。ってよ。50代。40代お願いしますって言ったのによ。50代のおばさん。」「それで？」「先にお金もらうわね、って、俺が財布出すと、パッと財布とって２万とっちゃって、冷蔵庫開けて、ビール買ってくるわね、って2万円持って行っちゃってよ。待ってたら、又、ピンポーン、買ってきたよ～。って缶ビール、350ｍｌ《ミリリットル》の2本、冷蔵庫に入れて、おつまみも作るわね、って買ってきた野菜切って煮物作ってよ。」終始、嬉しそうに、得意気に話す嵐君。女性の話す場面ではアゴをちょっと左前につき出してナヨっと「おつまみも作るわねー。」なんて声色まで使って、実に楽しそうに再現してくれる。

どうも作り話じゃなさそうだ。「はーい、できたわよ～。カンパーイ。なんてしちゃってよ。うふふ……」思い出しているのか体がクネクネしてくる。「350ｍｌ《ミリリットル》の缶ビールなんだよ、カンパーイってしたの。半分も飲まないうちに、あら、時間だわ、延長のお金あるの？ って聞くから、ない、って言ったら、じゃあ帰るわね。だってよ。」「うわ。ビール飲んだの10分くらい？」「そうだよ、高い夕飯だったな。1人1万円ならステーキが食べられたよ。」「ほんとだね。デリヘル呼んでカンパイだけしたなんて初めて聞いたよ。いいお客さんだね。又呼んでね、って言われたでしょう。」

嵐君はモジモジしながら、「もう呼ばないでね、だってよ。」「なんで？」「コートで呼べばよかったんだよ。」「??」「バスのうしろ。」「??」「駅に行くバスの後ろだよ。」嵐君、じれったそうに両手の人差し指で四角を描く。「ホラ、バスの後ろ。」「!!」あぁ、バスの後ろにあるパステルカラーの看板に南国のヤシの木の絵とカタカナでセルバコートって書いてある、ラブホテルの看板の事!!「セルバコート?!」パッと顔を輝かせて、背すじもシャン、力強く空を指さしながら「それ!!　コートで呼べば、又呼んでねって言われちゃったかも。ウフフフ。」とどこまでも楽しそう。どうも家が散らかっていたのがいけなかったらしい。それでも煮物と缶ビールでカンパイした事がとても楽しかったらしく、会う人皆に事の顛末を話すうち、社長の耳にも届き、こっぴどく怒られ、今後一切の前借り禁止になったという。

セルバコートでデリヘルを呼ぶ夢は消えたけど、煮物と350ｍｌの缶ビールでカンパイした想い出は嵐君の心に焼き付き、350ｍｌの缶ビールを開ける度に幸せな気持ちになるんだろうな。と思う。

嵐君、中背、少し痩せ気味の50代、見た目はおじさんだけど、心は純粋無垢に女好き。

「絶対死ねない」

初めて嵐君を見たのは私がパートでビンカン回収をしている頃。トラックで回収してきたビン、カンをリサイクルセンターに下ろしに行くと、作業着にジーンズ地のエプロン、黒の腕カバー黒い安全靴を重たそうにひきずって歩くおじさん。竹箒を持って掃除している。

「嵐!!　ゴミ集めろよ!　掃いてるだけじゃレレレのおじさんだろが!」

嵐君は肩をすくめて来た方に戻っていく。みんなが嵐君に声をかけるので一番最初に嵐君の名前を覚えてしまった。

「嵐君おはよう。」声をかけると「パキン」と固まってしまう。その様子がおもしろくてリサイクルセンターに行く度に、嵐君の姿を捜す。「パキン」と固まって視線をそらしていた嵐君も数を重ねるうちにチラッと見る様になり、

「おはよう。」と手を振るとつられて肩あたりまで手を挙げる様になってきた。そのうちトラックを見ると、ロボットの様な動きになり、明らかに身がまえている。「おはよう。」と同事に、シュタッと片手を挙げる様になった。

寒い冬のある朝、社長に呼び止められた。「小宮《こみや》さん、嵐君にチョコレート、買ってあげてくれないか？」

あぁ、バレンタイン!! 社長まで使ってオファーしてきた。他の社員からも「嵐君がチョコ買ってくれって。」「バレンタインくれるかな〜って心配してたよ。」個々に話は聞いていたけど、特別気にもしていなかった。社長に頼まれてしまうとは計算外。

嵐君の戦略にはまり、2月14日バレンタインデーに嵐君用のチョコレートを持って行く。「嵐君ー！ 注文のチョコレート。」と呼ぶと、キョロキョロ周りを見回して、駆け寄ってくる。

「ハッピーバレンタイン。」と言って渡すとオウム返しに「ハッピーバレンタイン。」と呟く。すかさず同僚が「嵐君、イイナーヒューヒュー。」「お茶の時、食べようぜ。」とてんでに話しかける。嵐君はチョコレートを後ろ手に隠し、ゴソゴソとそのままジャンパーの背中の中へ隠す。なんで背中?! 背中に入れた為に前かがみに、すごく変な歩き方で、一直線にロッカールームに向かう。左手を背中に前かがみに、右手を振り子の様に少し斜めに小走りに走る嵐君に笑いが止まらない。「嵐君ー!」「おーい、嵐。」誰が呼んでも振りむきもしない。主任が「嵐!! チョコしまったら倍速で働けよ!!」皆にどれだけ笑われても、チョコレートをもらう事の方が大事な事らしい。

それから2度3度、バレンタインチョコレート下さい事件があって、ある時飯塚《いいづか》さんが「嵐君、3月14日、お返ししてるのかよ。」と聞く。飯塚さんは文句を言いながらもいつも嵐君の世話をやく。キョトンとしている嵐君に、「ホワイトデーは倍にしてお返しするんだぞ。」とこんこんと言い聞かせる。うんうんと頷く嵐君。飯塚さんは私に「あいつ、もらうことばっかり考えてるから、よーく言い聞かせといたよ。少しキツく言ったから3月14日は何か持ってくるぞ。」嵐君から何かもらおうなんて、思ってないのに。飯塚さんは、世間の常識を教えたいらしい。

3月14日。ホワイトデー当日。嵐君欠勤。「あの野郎、休みやがった。」怒りながらも、どこか笑っている飯塚さん。「社長がホワイトデーなんて知らないのをいいことに、朝、社長個人に電話してお腹が痛いから休ませてほしい。って言ったらしいよ。社長は心配してたけど、まったく、あきれた奴だ。」

ある時、飯塚さんに「小宮さん、ちょっといい？」と呼ばれる。「嵐君が話したい事があるんだって。」バレンタインはまだまだ遠いし今度は何だろう。イスに座って、うなだれている嵐君。私に対面のイスを勧め「ホラ、嵐君、言えよ。」モジモジしている嵐君にハッパをかける。「さっき練習したろ、ホラ、早く」腰のあたりをたたかれて、パッと立ち上がると嵐君はペコリと頭を下げながら「結婚して下さい。」「え？　なに？　結婚？」あぁ、飯塚さんも人が悪いな、純粋な嵐君をそそのかして。さあ、何て答えよう。「嵐君。ごめんね。私もう結婚しちゃってるの。子どもも3人いるし、今から嵐君とは結婚出来ないの。わかるよね。」ションボリしている嵐君に「今度、生まれ変わったら結婚しようか。」というと、パッと顔を上げて「うん!!」私は立ち上がり、「じゃあね、嵐君。バイバイ。」と手を振ると、「バイバイ。」嵐君も手を振る。

「小宮さん、生まれ変わったら嵐君と結婚するんだって?」

あーもうやめて、あの時は咄嗟に言ってしまった。とんでもない約束をしてしまった。絶対死ねない。

その後、私はビンカン回収からダンボール回収に主軸が変わり、リサイクルセンターに行かなくなった。数年後に社長が交代して、又数年後、嵐君はリストラされたらしい。

落語に出てくる与太郎さんの様な嵐君と、その周りの熊さんや八っつあんや大家さんみたいな人達がいた所は、結構楽しかった。以前、若い社員が社長に聞いた。「社長、なんで嵐君みたいなの雇ったんですか?」社長は「バブルの落とし子だよ。バブル当時、若い者《もん》はゴミの分別なんてしたがらなかったから、年寄りばっかりの中に嵐君だけ若かったんだよ。嵐君がそのまま残っているだけだよ。」

バブルの残り火さえも消えてしまって、無駄のない効率的な所は、魅力も薄くなっただろうな。落語に出てくる長屋の様な場所は、もうそこには無くなってしまってるだろうな。人生、生きていく上で無駄な事いっぱいした方がおもしろい。おもしろい人生は、それだけで輝いている。無駄な事、探しに行こう。

いつの間にか産廃屋の社長

30年程前、借家に住んでいた頃、4歳2歳1歳の3人娘を保育園に預ける夕イミングでパートを始めた。近所のスーパーで惣菜やお弁当を作る仕事。最初こそ子どもが小さいからと土日休みにしてくれていたものの、慣れてくると特売日や朝市の時は土日のシフトも入り、徐々に土日のどちらか必ず入る様になってきた。

それを期に土日休業のチョコレート工場に転職した。工場は朝配置が決められ、一日その場所での作業となる。例えば、コンベアーに具材を並べる人、チョコレートをかける人、番重に並べる人。幼児を3人抱えているとすこしの発熱でもすぐに呼び出されて帰らなくてはいけない。途中で帰る事になると誰かにその場所を代わってもらわなければいけない。「すみません。」「すみません。」いつも謝りながら早退する。伝染病が流行るとなぜか3人一緒には発症しない。1人が終わると次に伝染る。一ヶ月に半分以上休むとさすがに職場に居づらくなってくる。

そんな時、企業の食堂のパート募集があり、同じ保育園のママ友から声をかけられる。土日祝、年末年始夏期GW、と休みは申し分ない。急な休みも社員がフォローに入ってくれるし、子持ちのパートが多いのでいろんな面で理解がある。食堂のパートは楽しく、働きやすく、居心地がよかった。しばらく食堂で働いていた。

パートが休みのある日、借家の隣のおじさんが、腰を痛めてトラックを運転出来ないと困っていた。洗濯物を干していた私は、おじさんの代わりにトラックを運転してビンカンの回収に行った。それが縁で隣のおじさんがビンカンの回収ルートを増車する事になった時、好条件で雇ってもらった。塀も垣根もない借家の隣同士は家族の様な物で、子どもが家にいる時はおばさんが見ててくれたり、雨が降れば洗濯物入れてくれたり、通勤時間は0分、終わりじまい。

食堂パートの約半分の時間でパート代は同じ位だった。

ビンカンの回収は市内のダストボックスの脇にあるカゴに入っている空ビン空カンを、曜日ごとに決められた地区を回って回収してリサイクルセンターに下ろしてくる。通常はビンカンのルート回収をしていたが時々は他の仕事も手伝う。おじさんは自治会の資源回収もやっていたから、人が足りない時は資源回収も出る。

年末だったたか、年度末だったたか、とにかくあちこちの自治会で資源回収の日が重なってしまった事があった。おじさんは私に「悪いけど人が足りないからパッカー車を運転してってくれないか?」と言った。パッカー車とはよく地域のゴミ収集をしている車で、後ろに回転板がついていて投入口にゴミを入れてスイッチを押すと、ゴミが車体の中に送り込まれていくしくみになっている車の事だ。車の運転席にはスイッチ類がたくさんあるものの、基本的な運転操作はトラックと同じだから運転していくだけなら問題はない。とりあえず回収場所まで乗って行く。作業用のスイッチを入れてダンボールの積み込み開始。積み終わると紙の問屋に荷を下ろしに行くが、下ろす操作はちょっと聞いただけではわからない。おじさんは「どうせ今日は混んでて並んでるだろうから先に行って並んでてくれよ。後から行って俺が下ろすから。」そう言われて紙問屋へ行って並ぶ。5～6台並んでいる。問屋の方も忙しいのがわかっているから急いで下ろす。意外と速く進んでいる。すぐ行くと言ったおじさんはまだ来ない。

困った。下ろし方がわからない。あと2台。2台前の車がピットを出てくる。あと1台。あれ、2台前の車、知ってる人だ。窓から手を振って「石《いし》ちゃーん！　これどうやって下ろすのー?!」と叫ぶ。「知らないで乗ってきたのかよ」「おやっさんが俺が下ろすから先行って並んでろって言うから来たのに、まだ来ないの。」やりとりを聞いていた問屋のにいちゃんが笑いながら「OK、オーライ。」と誘導しながら石ちゃんにOKサインを出してる。うわっ。代わってもらえるかと思ったら、私が下ろすの？

「オーライ、オーライ」の誘導でバックして兄ちゃんは運転席の窓越しに、に出排。す離チッラク、てし押チッイスてっOTP、でんふチッラク、K O「スの隣の出排「。たきて出が汗。くいてれ入をチッイスにり通たれわ言」。てしイッチ開くにして。」ピーピーピー、と後ろの部分が上がっていく。思わず離す。「離さないで、開くにし続けて。」あわててスイッチを押し上げる。ピーピーピー「OK、押出しにして押出し。」「ハイ、クラッチふんでギア入れて少し前に出て、前、前前、OK。さっきの開くのスイッチ閉めるにして。」

今度は押し下げる。ピーピーピー車の蓋が閉まっていく。「OK、PTO切って台貫乗って。」とOKサインをくれる。手とり足とりで無事に終了。ピットを出ようとすると、やっと来たおじさんは「悪い悪い。すぐ来るつもりがお茶とまんじゅうもらっちゃってよぉ。ちょっとおしゃべりしちゃったよ。間に合わなかったな。」誘導してくれてた兄ちゃんに向かって「すんませんね。」と謝っている。全く無謀な事をさせてくれた。でもそのおかげで私はパッカーの扱い方を覚えた。パッカーを使える様になるとダンボール回収の仕事も頼まれる様になる。平ボディの車だと、4t車に人の背丈程の高さに積む程の量を、パッカー車ならずっと投入口に入れるだけで済む。ロープもシートもいらない便利な車だ。だんだんダンボールの仕事が増える。

そんな頃、ビンカン回収はダストボックス廃止になり、個別収集になった。個人の家を一軒ずつ曜日毎に決められた地域を回収する。今までのステーション回収に比べたら労力も時間もかかるのは考えただけでもわかる。隣のおじさんはビンカン回収の仕事を受けるのを止めた。私はビンカン回収を引き受けた会社にそのまま移動した。

その会社は市のリサイクルセンターに入っている会社で、パートで雇ってもらった私は午前中ビンカン回収をしていた。その頃には3人娘も小学生。午後も少しは働ける様になっていた。ビンカン回収には外注先の会社も数社入っていた。仲間の1人にダンボールの回収を頼まれ、ドラッグストアのダンボールを回収に行った。その頃はドラッグストアがまだ少なく、次々と出店していた頃だった。新店舗がオープンする度にアルバイトに行った。それがいつの間にか午後は数店舗担当して定期的にダンボール回収をする様になった。

ドラッグストアのダンボールを回収していたのは片岡《かたおか》さん。個人事業主でほぼ1人でやっていたので朝から晩までパッカーで各店舗を回っていた。問屋が営業時間を終えてしまうと下ろせないので、別のパッカーに乗り換えて回収に行っていた。そんな理由で常時パッカーは駐車場にあった。私は空いた時間で数店舗回収したら問屋に下ろしてきて又パッカーを駐車場に戻しておく。車の合鍵をもらっているので自由に仕事させてもらっていた。ドラッグストア新店舗オープンの勢いは止まらない。ついに片岡社長からオファーがかかる。幸い産廃屋業界は皆持ちつ持たれつでビンカン回収の社長に相談して、スムーズにダンボール回収に転職が決まる。

朝、一番遠い東松山、嵐山店から始める。行くだけで40㎞。帰りながらダンボールを積んで途中の鶴ヶ島の問屋で一度下ろす。鶴ヶ島・狭山と積んで入間の問屋で又下ろす。入間から青梅は隣の様なものなのでほぼ帰ってきた様なものだ。気付けば行く先の店舗でも顔なじみが増え、下ろしに行く問屋でも軽口を言い合い、毎日回遊魚の様にグルグル回って仕事が楽しい。ルートで回っていると配送車とも一緒になる。広い店なら2台入っても搬入搬出に不便はないが小さい店は順番を待たなくてはいけなくなる。「次どこ？」配送の兄さんは並んで車を止めて搬入しながら聞く。「OK。俺、逆から回るわ。」途中ですれ違い、お互いに手を振る。新店オープンの時はかつて私がアルバイトに来ていた様に、以前ビンカン回収を隣のおじさんの所でしていた人に来てもらう。彼女もパッカーには乗っていなかったが、トラックでの仕事歴は私より長い。「私にだって乗れるんだから絶対大丈夫。」と口説き落として、パッカーでダンボール回収を手伝ってもらう。着々と彼女の仕事も増えて彼女もついにレギュラー。その頃にはパッカーも増車して、3台で毎日回っていた。

ある年明けの連休。（我々は祝日は仕事をしていた。）片岡社長は朝、カンコーヒーを落としてコーヒーをこぼし、床に落としたレシートがうまく拾えない。「どうしたの？」と聞くとふり返った顔の目の大きさが違う様な気がした。「なんかおかしいよ。」と言うと「ほおづえをついてテレビ見たまま、寝ちゃったからかな。」「顔までゆがんじゃってるよ。」と笑うと、「そうかな？」と頬を手の平で持ち上げながら仕事に行く。

昼頃社長から電話がかかってきた。パッカーが作動しないと言う。私はまだ鶴ヶ島あたりにいた。中間地点で待ち合わせると、パッカーの後ろ部分のスイッチ回りが全体的に押されて裏側はつぶれている。よく見れば前のバンパーもへこんでいる。「どこかにぶつけたでしょ?!」助手席側のドアの下の方にも長い深いキズがついている。「あぁ、寺竹から金子の登り坂のカーブでガードレールにこすったかもしれない。」かもしれないっていう傷じゃない。残りの数店舗を回収し、塩野《しおの》さん（レギュラーになった彼女）にも応援を頼み、夕方会社へ帰る。ぶつけたせいでクラッチが切れないという社長のパッカーに乗ってみるが運転するのには問題ない。

やはりおかしい。素人ながら脳梗塞ではないかと疑い、病院に行こう、と言っても本人にはなんの自覚症状もなく、しかも年明けの祝日の夕方だから、と頑なに断るので、翌日必ず受診する様に、アルバイトを手配する。朝から総合病院に行き、脳外科を受診しようとするも休診。しかたなく内科を受診する。

本人は否定してるが私が脳梗塞を疑っている旨を説明し、血圧を測ると220―250。この時点で入院決定だろう。頭部CTをとると、脳出血していると言う。

片岡社長はまだ「入院ですか？」などと聞いているが、私は心の中で当然!! あきらめなさい!! と言っていた。医師は「はい。入院してもらいます。この出血量で命が助かったのは本当に出血した場所が良かったんですよ。」目の前の入院に怯えていた社長は、入院どころか命にまで危険が及んでいたと知り、抜け殻の様になってしまった。しかも出血も1日～2日はたっていると言う。恐ろしい事に脳出血したまま仕事をしていたらしい。入院してからも「いつ退院出来ますか？ すぐ仕事が出来ますか？」と医師に食いつくが担当になった女医さんは諭す様に「あのね、片岡さん。命が助かったのよ。その上に後遺症もほとんどなくて、すごく運が良かったのよ。次に出血したら命の保証はありませんから、とにかく再出血しない様に安静を心懸けて下さい。」と優しく強く言う。仕事人間の強制休養、10日間。ドラッグストアの仕事を始めてこれ程休んだ事はないと言う。

　朝6時から始めていた社長の仕事量は多い。ビンカン時代の社長に相談して、即戦力となる人を当面の間貸してもらう。その間に仕事を組み立て直す。塩野さんも余分に回ってくれる。パートさんの時間も増やす。会社の電話は全部私に転送にした。入院中に一店閉店が入る。アルバイトを集めてなんとか乗り切る。かつてのビンカン仲間から連絡が来る。「大丈夫か？　俺そっち手伝おうか？」外注なのでビンカン回収は週に2日程行ってると言う。空いてる週3日来てもらう事にした。なんとか新しい道が出来てきた。

　社長は退院後も運転は止められ、出来るだけ軽作業を、と言われてガッカリしているが当面私が助手席に乗せて回る事にした。お互いに1人で長くやってきた仕事はそれぞれにやり方が違って、テンポが合わずイライラが絶えない。高血圧からの脳出血と言われた社長は、常に血圧計を持ち歩いた。重い荷物を運んだ後、階段を上り下りした後。今まで気にも止めなかった分を取り戻すかの様に頻繁に血圧を測っていた。梅雨時の寒い雨の中、合羽を着る程でもないので濡れたまま仕事をしていた私は冷えたのか急に腹痛がして、車に乗って暖まろうとヒーターをかけた。私に気付いた社長は「大丈夫？」と助手席に乗り込む。私は社長に返事もせずにひたすら下をむいて痛みをこらえる。血の気が引いて顔が白くなっていくのがわかる。冷や汗が出てきた。「ブーン」と音がする。薄目を開けて隣を見ると血圧を測っている。フッと痛みがやわらいだ。「そっちかよ。」体に血が戻った。暖まってきたせいもあるかもしれないが、治ってきた。思わず笑いそうになる。「今、どうしよう、どうしよう、って思ったらドキドキしてきてすごく血圧上がってるんじゃないかと思って。俺がたおれたら助けられないから。」「ああ、やっぱり高い。」と言いながら深呼吸している。人が苦しんでる姿にドキドキしてあわてる社長は、実に正直でおもしろい。だんだんイライラしなくなってきた。

ようやく血圧計を持ち歩かなくなった頃、本部から単価の見直しとの話が持ち上がる。ドラッグストアバブル時代から、ドラッグストアが増えすぎて過渡期に入りつつあり、段々雲行きが怪しくなってきた。片岡社長は物腰はとても穏やかで働き者だけど気は弱い。交渉事には向かない。見直し、と言われただけで食欲が失せ、落ち込んで、ため息ばかりついている。

「値下げだけじゃない方法を考えようよ」

幸いダンボールもゴミも一手に引き受けていたので調整はしやすい。人も車も足りないのでゴミは全て一社の処分業者に下ろしていた。鉄や非鉄は金属問屋に入れれば有価物。つまりお金になる。他のゴミと一緒に産廃処分業者に下ろせば、有償で捨てる事になる。つまりお金を払う。今、全て混ぜて出してくるのでお金を払っているが、これを分けておけばその分が浮く。単価を下げる代わりに、鉄類を分けてもらって別回収をする。

結局交渉は私がする事になった。交渉するには経費の事も知らなくては出来ない。ただただ客先を回って回収していた仕事から、会社の経理までやる事になった。やり始めると案外おもしろい。有価物の相場（売り値）は社会状勢に大きく左右される。北京オリンピックの前は2ｔトラック1台分の鉄クズが2万円ぐらいになったのに、リーマンショックの後は千円札にしかならない。

ちょっとしたギャンブルだ。ダンボールなどの紙類も有価なので相場の上下はある。鉄に比べれば安定はしているものの、トン数が大きければ売上に影響する。片岡社長には、相場は水物だからあてにしない様に、とクギを刺されたが、確かに暴落した時、アテにしていたらお手上げだった。度重なるコスト削減に、部長から常務まで出てきた。片岡社長のきめ細かな回収はドラッグストアの社長にも一目置かれていたが、コストカットには抗えず、毎日回収を隔日にしたり。分別を徹底したり、あの手この手で対策をねった。安くされても店舗が増えてもどうにか対応してきた。

ある日常務に呼び出され、一枚の紙をもらう。「こういう事になりました。」と。合併の文字と新社長の挨拶。大手に吸収合併されたという。「このままの体制は変わりませんから、引き続き宜しくお願いします。」と常務は言う。

片岡社長はそのドラッグストアが3店舗の創業当時から100店舗近くなるまで、28年もの間一社専属でダンボールの回収をしてきた。吸収合併の知らせに肩を落とした。自分の体力にも自信をなくしていた社長は営業権の譲り渡しを考えていた。譲り渡し先の候補を相談された。「俺は前社長にひいきにしてもらっていたからやってこれたけど、トップが変わったら何の効力もなくなる。今後、入札の形になれば個人商店じゃ最初から候補にもならないだろうから……。」と、どこまでも後ろ向きだ。「やれるところまでやろうよ。」と言う私に、「今、仕事してくれている人達の保障を考えたら、今のうちに他社に経営してもらって、人と車と仕事を譲ってしまえば、今後仕事がとれなかった時も、何か他の仕事をさせてくれると思う。」と言う。私達社員の事を考えて手放そうとしていた。

「私がやる。私が引き受けるよ。今来てる人達もみんな私の元の仕事仲間だから、事情を話して辞める人は早めに辞めてもらっておくよ。私もあと2年続けられれば子どもの学費も終わるし、又、ビンカンのパートでもやっていけるから。」

それからは忙しかった。法人にした。事務所も建てた。取引先に就任のお知らせを出した。社員やパートにも事情を話した。幸い、「やれるところまでやろう。」と皆残ってくれた。私の仕事は、今までと同じ。ダンボールを集めて問屋に下ろしに行く。いつも軽口を言っていたおじさんがソロリ、ソロリと近づいてきて「社長様、今までの数々の非礼をお詫び致します。」、深々と頭を下げる。「もー、おじさん、やめてよー。」おじさんは「びっくりしたよぉ。おめでとう、社長、がんばれよ。」パッカーの扱いも知らなかったアルバイトがパートになって社員になって社長になるなんて、私が驚いているんだから、他人はさぞ驚いただろう。沈みゆく船を憂いた社長からカジ取りを任されただけだから、あんまりおめでとう、でもないのだけれど、外からはそんな事情はわからない。

常務は何も変わらないと言ったけど、本部長、部長、課長、良くしてくれていた人達が次々といなくなった。2年目あたりから問屋が大手になってきた。配送会社の車とも会わなくなった。ある日本部で配送車に会った。「久しぶり。最近会わないね。」と言うと「今は深夜配送してるよ。今日は書類だから昼だけどね。回る所増えたけど給料は変わらないからみんなやめちゃってるよ。」

確かに深夜便なら渋滞もないし、余分に回れるのだろう。あちこちにひずみが出てきた。

このまま何も変わりませんから。そう言った常務も買収から2年。ついに辞めた。常務が辞めて程なく、単価改正のお知らせが来た。今までの様な見直しではなく、改正。話し合いの余地もなく一方的に大手の会社の単価を出してくる。基本料は何度となく引き下げられてきたのに、そこから半分以下。その上ダンボールは買い取りになると言う。集めた量に応じてこちらから支払いをしなくてはならない。当時90店舗程ルート回収していた。アルバイトも含めて6人。人件費とガソリン代。車も増車していたので6台。貨物は一年車検なので2ヶ月に一度はどれか車検。そういった維持費。いよいよお手上げか!? きめ細かな仕事をしている事、全店のゴミの管理までして店舗毎に対応を変えている事、諸事のアピールも虚しく、「本部は内容より数字です。」の一言で片付けられた。

こんな金額で受けてしまったら完全に赤字だ。やらない方がいい。近場の数店舗ぐらいなら、なんとか続けられるか。全くの0より、少しでも続けてみる事にした。買収された時に予想はしていたものの、ここまで非情な事は予想外だった。今まで一緒に働いてきてくれた人達も、辞めてもらうしかない。事前に相談してあったとはいえ辞めてもらうしかないのは本当に嫌だった。「ここまでよくやったよ。又、仕事とったら呼んでよ。」という人。「だめだったんだ。わかりました。」という人。「そんな事言われても困ります。」という人。「空いてるトラック貸してくれれば自分で仕事見つけてやってるから、忙しい時呼んで。」という人。そして社員で働いていた人は今までのダンボール回収の仕事を受けた先の会社に行く事になった。即戦力で使えるのでそのまま転職出来た。社員で働いていた彼は大手の紙問屋で今まで通り店舗のダンボール回収をする事になった。

社員もパートもいなくなり、会社の倉庫もロッカールームもガランとした。私達もヒマになった。そんな時、近くのお気に入りのショットバーがなくなった。仲間に店舗を壊したり作ったりしている店舗デザイナーがいる。ヒョンな流れから倉庫をショットバーに改装して「ＪＡＺＺｂａｒ　Ｒａｙ」をオープンする。数店舗のダンボールや産廃を集めながらの二足のわらじ。

ドラッグストアは単価が安いだけあって、他社も産廃まで回りきれないのか、徐々に産廃の仕事の依頼が来る。ドラッグストアは既に管理会社が間に入り、全店を管理していた。かつて回っていた店舗は勝手知ったる店舗ばかり。管理会社の担当が「カタオカさんに頼むと問題がないんで助かりますよ。他社に頼むと結構トラブっちゃって。」徐々に産廃の仕事が増える。違うドラッグストアやスーパーの産廃の依頼が来る事もある。段々仕事が増えてきた。辞めてもらった人も少しずつ呼び戻しゴミ集めに回ってもらう。新体制は店舗も色々大変らしく、なじみの店長も愚痴をこぼす。ダンボールの回収と共に他社に転職した元社員もＲａｙに飲みに来ては「ここにいた時より給料が安いのに仕事はキツイんすよ。時間内に終われないから段々朝早く出る様になって、今なんか朝６時から回ってんのに夜６時に終わんないんスよー。カタオカで仕事取ってくれれば良かったのにー。」紙問屋でダンボールの売値が良くてそれでは我々など到底出来ない。「うちで仕事とってたらもっと働かなきゃやってけないよ。過労死しちゃってたよ。」と笑いとばす。大手企業の非情なまでの立て直しを見たし肌で感じた。片岡社長時代の一社依存はリスクが大き過ぎるので、他の仕事も積極的に増やす。店舗デザインの伊藤さんの仲間も次々と仕事をくれる。近くの同業者が営業をやめるからと客先を紹介してくれる。有難い事に又、忙しくなってきた。

30年前ビンカン回収を始めて、20年前ビンカン、ダンボール、産廃と、数社かけ持ち18年前ダンボール一社に。16年前社長脳出血。14年前会社設立。11年前回収業激減からのＪＡＺＺ ｂａｒ Ｒａｙオープン。10年かけてようやく仕事が安定してきた。３年間のコロナ期間にも閉口したが、ようやく仕事が戻り、回り始めて、日常が戻ってきた。

そんなある年の新年、仕事始めの前日うっちゃんから電話がかかってきた。「のどが痛くてだるいから明日休みます。コロナだったらマズイでしょ。」「え?! コロナ?! やめてよ来ないで、病院行ってきて。」「アハハ。検査してくるよ。」年明けの仕事の段取りをして電話を切った。

翌日連絡はない。入院かな？

次の日の朝、知らない番号からの着信。「もしもし、私、内竹《うちたけ》の娘です。」やっぱり入院か、と思う。「ゆうべ父が亡くなりました。」「え?! おととい病院に行くって電話もらったのに?!」まさかの出来事に全身の血が逆流した。笑い声が蘇る。ヒザがガクガクする。死因は敗血性ショック症状だったという。

ビンカン時代から一緒に働いていた。前社長が脳出血の時から又、来てくれて、そのまま16年。私の安心して仕事が出来るバックボーンだった。たいていの仕事はなんとかしてくれた。「やるしかないでしょ。」が口グセで、かなり無理な現場も、積み切れない大きな物も、解体したり、無理矢理積んだり、なんとしてもやってくれた。年末30日まで、普通に仕事していた。たった5日会わなかっただけで、前日笑って電話したのに。信じられなくて、納得がいかない。

数日間体が重くてドロ沼の中にいる様だった。彼がいない分の仕事が忙しくて少しは気が紛れたが、心の中はポッカリと大きな穴があいていた。その数日間をどう過ごしていたかも記憶があいまいなくらい。

音楽仲間が2月の初旬のライブの練習をしようと言う。あまりその気にはならないが、エントリーしているのでとりあえず練習する。私はギターを弾いて歌う。相方はベースを弾いてコーラスを入れる。去年、私が新しくやろうと言い出した曲はクロマニヨンズの「光の魔人」。パンクロックを2人でやってみようと。「赤レンガの煙突を　蹴飛ばしていくんだ！　もっと高く、もっと速く。Ｗｏｗー」何度も弾く、歌う、弾く、歌う。

「光の魔人、それが俺なんだ！　もっと高く、もっと速く。」

弾く。歌う。弾く。歌う。

もっと高く、もっと速く。

背中に背負ってたドロ沼が、どんどんはがれ落ちていった。いつの間にか体が軽くなってきた。私が元気になっていた。

うっちゃん。やるしかないよね。とにかく今、目の前の事。

「やるしかないでしょ。」って笑う。

著者プロフィール

小宮 ゆかり（こみや ゆかり）

1962（昭和37）年1月31日生まれ。

東京都（1986～'89大阪府在住）出身。現在東京都青梅市在住。

本屋、貿易会社を経て結婚し夫の転勤で4年間大阪へ。東京に戻り3人の娘の子育てとパート。数種のパートから廃棄物収集運搬業を本業に。平成21年7月起業。

コミやのおばちゃんロッケンロール

2025年3月15日　初版第1刷発行

著　者　小宮 ゆかり
発行者　瓜谷 綱延
発行所　株式会社文芸社
〒160-0022　東京都新宿区新宿1－10－1
電話　03-5369-3060（代表）
03-5369-2299（販売）

印　刷　株式会社文芸社
製本所　株式会社MOTOMURA

ISBN978-4-286-26262-8　JASRAC　出2409502-401

が出来たら楽しいからと、読み聞かせの会はずっと続けていた。73歳で間質性肺炎になり余命半年と宣告されても、酸素を引いて読み聞かせの会に行っていた。やりたい事をやりながら前向きに生きたおかげで半年が4年も延びて77歳でこの世を去った。生涯のライフワークが本好きを育てる事だっただろうか。私が本を出すなら一番先に報告したい人だ。

気がつけば私もアクティブにやりたい事をやっているではないか。これは母に感謝するしかない。楽しんだ者勝ち。何があっても前に進む。そんな人生を目の前で見てきた。いつの間にか体中に染み込んでいた。これからもきっとロックンロールな人生を送っていく気がするよ。ありがとう。

あとがき

小学生の頃は憶病で恥ずかしがり屋でおとなしい女の子だった。クラスの半分くらい手を挙げた頃、こっそりと手を挙げる。そんな目立たない子だった。

当時、父が魚屋で、母はその魚を使って小料理屋を営んでいた。店の傍ら読書会や、「子どもに夢を豊かな創造性を！」をスローガンに地域の文化活動を立ち上げたり、小学校のＰＴＡ会長まで、引き受けていた。そんなアクティブな母とよく比べられ「ゆかりちゃんももう少しお母さんに似ればよかったのにね。」とよく言われた。母は「ゆかりにはゆかりの楽しみ方があるから。」と答えていた。

本が好きだった母は子ども達が本好きになる様にと「子どもの絵本の読み聞かせの会」を始めた。自分の子どもだけでなくみんなが本好きになって本の話